JN126415

伝説の隠密

二

しあわせ長屋人情帖

◆

中岡潤一郎

コスミック・時代文庫

この作品はコスミック文庫のために書下ろされました。

目次

第一話　偽りの母……5
第二話　隠密の女……67
第三話　後　悔……120
第四話　小さな相棒……171
第五話　差配の使命……225

第一話　偽りの母

一

年をとると、日々が鉄砲玉《てっぽうだま》のように飛んでいく。

そう言ったのは、隠密の師匠だった。

六十をわずかに過ぎたところで息を引きとったのだが、季節を楽しめたのは三十五まで、と言っていた。

四十を過ぎると、春だと思っていたらあっという間に夏になり、そろそろ暑さがやわらぐころには柿《かき》のうまい季節になり、気がついたときには初雪が舞って除夜《じょや》の鐘《かね》が鳴る、とも。

五十を過ぎると、さらに早くなり、瞬《まばた》きしている間に一年が経つから気をつけよ、と教えられた。

当時、子どもだった御神本右京《みかもとうきょう》は、内心でなにを馬鹿なことをと笑っていたが、師匠の言葉は正しかったようで、たしかに信じられないような勢いで時は過ぎ去っていく。

右京が隠密の役目を致仕《ちし》し、深川《ふかがわ》で長屋の差配《さはい》となったのが昨日のことのように思えるが、じつのところ、すでに三年は経っている。

驚きだ。

はじめて長屋を訪れた日のことは、しっかりと覚えているのに。

あの日、店子《たなこ》は不審の念をあらわにして、右京を見ていた。

いきなり武家の隠居が姿を見せ、差配を務めるというのである。

本当に、長屋の面倒を見ることができるのか。勝手放題をして、自分たちに迷惑をかけるのではないのか……そんな敵意にも似た思いが逆巻いており、案内してくれた町役人が不安に思ったほどだった。

あれから三年が過ぎ、多くの事件があったが、幸いにして右京は、この『しあわせ長屋』の面倒を十分に見ていた。

「おや、差配さん、お出かけかい」

右京が路地に出たところで、奥から声がした。

振り向くと、恰幅《かっぷく》のよい女が彼を見ていた。桶《おけ》をふたつも手に持ち、さらには大根《だいこん》を脇に抱えている。

「ああ、うめ。ちょっと佐賀町《さがちょう》の伊佐治《いさじ》さんのところにね。壁《かべ》の手直しで、話をしておきたくて」

「ああ、あの奥の。いつまでもあのままじゃ、人が住めないからねえ」

「そうよ。店賃《たなちん》が入ってこないと、家主さんに申しわけが立たぬ。早めに手を打っておかないとな」

「違いない」

うめは、歯を剝《む》きだしにして笑った。あいかわらずの振る舞いである。

彼女はしあわせ長屋の住人で、路地を出たところにある表店《おもてだな》で飯屋を営んでいた。思ったことをはっきりと口にし、相手が武家であろうが、ごろつきであろうが、まったく気にしない。

店でつまらぬ騒ぎを起こせば、すぐさま怒鳴りつける気の強さがある。

問題になることもあったが、近所の住民からはたいそう頼りにされていた。

態度に裏表がなく、人を見くだすような真似をしないからだろう。

「うちの長屋は、ぼろだからねえ」

うめの容赦のない言いまわしに、右京は苦笑した。

「それはひどくないか。味わいがあると言ってほしいところだ」

「なにを言うんだい。風が吹けば、庇《ひさし》が飛ぶ。雨が降れば、土間に水溜《みずた》まりができる。戸の建て付けだって、ひどく悪い。壁に穴が空いたのだって、風で飛ばされた枝が突き刺さったからだろう。普通はああならないよ」

「まあ、そうなんだが。その分、店賃は安いだろう」

「あたりまえだよ。これで高かったら、家主に文句を言ってやる」

しあわせ長屋の店賃は、ひと月八十文と格安だ。無論、この実入りで長屋を維持できるのには、理由《わけ》がある。

右京は、傾いた庇を見ながら話を続けた。

「壁だけでも、早いうちに直すようにしないと」

「そうしておくれ。なんだったら、長屋で暇《ひま》そうにしている連中を使ってもいいんだよ。まったく、昼間から寝ていてばかりで、なにをしているんだか」

「そのときになったら、声をかけるさ」

文句が出る前に、右京は路地を出る。

そこで、背の高い男と行きあった。

鉄紺《てっこん》の着流しで、裾《すそ》には波の紋様《もんよう》が描かれている。長脇差《ながわきざし》を腰に差して悠々《ゆうゆう》と歩く姿は、まともな生業《なりわい》の男には見えない。

「おっ、差配さん。なんだ、お出かけですか」

「そういうおまえさんは、帰ってきたところみたいだね」

「仲町《なかちょう》で揉《も》め事がありましてね。呼ばれて追い払ってきたんです」

「例のならず者か」

「ここのところ多いですね。まあ、おかげで、俺も食い扶持《ぶち》に困らずに済んで助かっているんですが」

「あいかわらずだな。派手にやるのはいいが、やりすぎると刺されるぞ」

「そんなドジは踏まねえや。銀角《ぎんかく》さまは天下無敵ですぜ」

右京は吐息《といき》をつく。まったく、どこまでおめでたいのか。

銀角は、昨年から長屋に住み着いたごろつきで、当初は仲間とともに長屋を乗っ取ろうとしていたが、汚《きたな》いやり口に腹を立て、最後は右京に味方し、長屋を狙《ねら》っていたやくざ者の集団を叩きだした。

おかげで、頼りになる男として知られるようになり、揉め事があると用心棒として呼びだされ、荒くれ者とやりあっている。

根が単純なのか、おだてられると調子に乗り、いろいろとやらかす。やくざのみならず、武家相手にも喧嘩《けんか》を仕掛けるのだから、困ったものだ。

先月には、越後《えちご》高田《たかだ》榊原《さかきばら》家《け》の家臣に文句をつけ、あやうく斬《き》りあいになるところだった。春米屋《しょうまいや》が絡まれていたので助けに入ったとのことだったが、周囲に煽《あお》られて、つい割って入ったというのが真相のようだ。

右京が駆けつけていなかったら、どうなっていたことか。

阿呆《あほう》な振る舞いにため息をつくこともあったが、危難《きなん》に遭《あ》っても怯《ひる》まないところは頼りになる。夏の揉め事以来、なにかと相談を持ちかけていた。

「で、これから、おまえさん、どうするんだ」

「帰って寝ますかね」

「よしな。長屋の前にはうめがいる」

「げっ。あの婆《ばばあ》、店にいるんじゃないのかよ」

「そんな顔じゃ、箒《ほうき》ではたかれるぞ。機嫌がよろしくないようだからな」

「わかった、わかった。ちょっと寄り道してから帰りますぜ」

銀角は背を向けると、手を振りながら右京から離れた。

おそらく、馴染《なじ》みの店で浴びるほど飲むのだろう。普段はうるさいくせに、飲むと妙にしんみりするところがあり、そのあたりの落差もおもしろい。

右京は微笑《ほほえ》みながら、深川万年町《まんねんちょう》の脇を抜けて、仙台堀《せんだいぼり》に出る。

冷たい冬の風が吹き抜けて、川沿いを歩く丁稚《でっち》が肩をあげる。棒手振《ぼてふ》りは忌《い》まましげに顔をしかめて、路地へと入っていく。

米俵《こめだわら》を担《かつ》ぐ人夫《にんぷ》の動きも、夏にくらべると、格段に鈍い。

十月もなかばを過ぎ、深川の町は冷気に包まれていた。朝夕の冷えこみは厳しく、霜《しも》がおりる日もある。風が懐《ふところ》に入ると、それこそ身体が縮《ちぢ》みあがる。

大店《おおだな》の主《あるじ》は分厚い羽織《はおり》を身にまとい、見廻りの同心も寒さから逃げるようにして番屋に飛びこんでいく。

蕎麦《そば》の温かさが身体に染みる季節であり、右京も夜になると、つい屋台に駆けこんで、麺《めん》をつるつると口に入れる。

いよいよ、冬本番である。しばらく背中を丸めて歩くしかなかろう。

右京は松永橋《まつながばし》を渡って、今川町《いまがわちょう》へ入った。

見知った顔を見たのは、ちょうど河岸《かし》の茶屋へ視線を向けたときだった。

「おや、みねさん。今日はここらあたりで仕事かい」

「ああ、そうなんですよ。知りあいから一曲、頼まれちまいましてね。最近は、客を相手に仕事をしていないから、ちょうどいいと思いまして」

引きしまった細い目が特徴的だ。高く髪を結っているせいか、面長《おもなが》な容貌《ようぼう》が強調されている。路考茶《ろこうちゃ》に紫《むらさき》の帯が、よく似合っていた。

かたわらに置いた三味線《しゃみせん》が、粋《いき》な空気を引きたてており、さすがは唄《うた》の師匠だと感心してしまう。

みねは、ふた月前からしあわせ長屋で、ひとりで暮らしている。以前は上野黒《うえのくろ》門町《もんちょう》に住んでいたが、長屋が改装されるという理由で移り住んできた。

二十代なかばと思われるが、くわしいことはわからない。みねは、あまり自分のことは話したがらず、生まれや長屋に来るまでの経歴は、はっきりしない。

もっとも、それは彼女にかぎったことではない。

しあわせ長屋の住民は、いわくありげな者ばかりで、過去もこれからも、よくわからない連中ばかりだった。ふらっと流れるように姿を見せて住み着き、用がなくなったら出ていく。

右京も、そのあたりの事情はよくわかっているので、深く訊《たず》ねることはしない。

みねは茶の代金を払うと、右京と同じ方向に足を向けた。

「差配さんは佐賀町ですか」

「ああ、左官《さかん》のところへ顔を出さないと。壁があのありさまじゃあね」

「大きな穴が空きましたからね。人がいなくてよかったですよ」

「放ってはおけないな。雨が降ったら、大変なことになる」

「家主さんは、なんとおっしゃっているので」

「まかせると。頼られているのは嬉《うれ》しいが、手配をするのはしんどいな」

「差配さんならば、大丈夫ですよ。あたしも信じていますよ」

「はは。そういうのは、もう少し若い男に言うものだ」

年増《としま》の女だけあって、男が喜びそうな台詞《せりふ》を心得ている。おだてられれば、気分は自然とよくなるものだ。

「おまえさんは、このあとは……」

「土橋《どばし》の知りあいのところに、顔を出してくるつもりです。ちょっと、あのあたり寂《さび》れちまいましたから、気になって」

「まあ、派手にやられたからね」

老中の水野忠邦《みずのただくに》が主導した改革で、深川は大きな打撃を受けた。

地方から流れてきた者は、人返しによって追い払われ、贅沢品《ぜいたくひん》の禁止で豪華《ごうか》な着物や小間物の販売はできなくなった。

株仲間も禁止され、多くの商人は売上げが大きく落ちこんでしまった。岡場所《おかばしょ》にも手入れが入り、妓女《ぎじょ》は容赦なくひっくくられ、吉原《よしわら》へ送りこまれた。

土橋は深川三十三間堂に近く、深川屈指《くっし》の華やかな町であったが、改革のあとは火が消えたように静まり返っている。料理茶屋として知られた平清《ひらせい》も、めっきり客足が途絶えているという。

「話でも聞いてこようかと思いまして」

「そりゃあいい。向こうも気がまぎれるだろう」

「お上《かみ》の締めつけも、ゆるんできているって言いますけど、この先、どうなるかわかったもんじゃありませんからね。万が一に備えておかないと」

「大きな声で言わないほうがいい。誰が聞いているのかわからんぞ」

「かまいやしませんよ。ひっくくれるものなら、ひっくくればいいんですよ」

強気な女は、見ていて心地がいい。

「さて、それじゃあ、あたしはこっちへ……」

みねが元木橋《もときばし》に目を向けたそのとき、足元からやわらかい声がした。

「お母ちゃん」

右京が顔を向けると、小さな女の子が、みねの着物に手を伸ばしていた。

四、五歳といったところだろう。桃色《ももいろ》の着物に、黄色の帯という格好で、それが細い身体によく似合っている。
丸い顔は、みねに向けられたままだ。

「お母ちゃん」

娘は、みねの袖《そで》を引っ張る。

「おみねさん、これは」

子どもがいるという話は聞いていないが……。

「いや、ちょっと待ってください。差配さん、違うんですよ。知りませんよ、こんな子。顔を見たことだってない」

「でも、お母ちゃんと言っている。心あたりは」

「あるわけありません。亭主《ていしゅ》だっていないんですから」

「お母ちゃん」

「だから違うんだってば」

みねはかがんで、女の子の両肩をつかんだ。

「違うよ。あたしは、あんたのお母ちゃんじゃないんだよ。お母ちゃんは、ええっと、どこかな。どこか、そのあたりにいるんじゃないかな」

「お母ちゃん。温かい」

女の子は、みねに抱きつき、その胸に顔をうずめた。

「だから、違うって言ってるでしょ。ちょっと、差配さん、なんとかしておくれよ」

「迷子にでもなったかな」

右京は左右を見まわしたが、それらしい人物を見つけることはできなかった。その間も、女の子はみねに身体を寄せたまま離れようとしない。

「弱ったな、このあたりの子ではなさそうだし。しかたない、ちょっとまわりに聞いて……」

「あっ、あや」

大声に右京が顔を向けると、若い男が駆け寄ってくるところだった。

顔立ちは整っているが、頬《ほお》の肉が薄く、痩《や》せこけた印象を与えている。縞《しま》の着物は手入れがいまいちで、ほつれが見てとれる。

それでも娘に駆け寄り、身体を抱きしめる姿には、凜々《りり》しさを感じた。

「どこへ行っていた。離れちゃ駄目だと言っていただろう」

「ちょっと、その子、あんたの娘かい」

みねが目をつりあげて、男を見た。

「さっきから、つきまとわれて迷惑しているんだよ。なにを考えているんだい」

「すみません。ちょっと目を離した隙《すき》に、はぐれてしまいまして」

「まったく子も子なら、親も親だね。いいかい。その子、いきなり寄ってきて、あたしのこと、お母ちゃんと抜かしたんだよ」

「えっ」

「いったい、どういう躾《しつけ》をしたら、そんな子になるんだい。母親はどこにいるんだい。ちょっと連れておいでよ」

男は答えなかった。沈痛《ちんつう》な面持ちで、娘を見つめる。

「ちょっと聞いているのかい。あのね……」

「あや、その人は、お母ちゃんじゃない」

男は娘の前でかがんだ。

「お母ちゃんはもういないんだよ。半年も前に、おまえの弟と一緒に、遠いところに行ってしまったんだよ。もう帰ってくることはないんだ」

今度は、みねが絶句する番だった。手を握って、娘を見つめる。

「さあ、帰ろう。もう遅くなる」

「いや、帰らない。お母ちゃんと一緒にいる」

あやと呼ばれた娘は、みねの太股《ふともも》にすがりついた。

「お母ちゃんの匂《にお》いがする。間違いなく、お母ちゃんだもん。離さない。ずっと一緒にいる」

あやは抱きついて、胸の下に顔をうずめる。わずかに泣き声がする。

みねは困ったように左右を見まわす。一度だけ、あやを引き離そうしたが、細い腕に力がこもるのを見て、無理をせず、そのままにしておいた。

娘は、しばらくみねにすがりついたまま離れなかった。

二

「へえ、そんなことがあったんで」

「往生したよ。まだちっちゃい子どもでな。母親が恋しい年頃だろうに」

「つれえでしょうね。死に別れるには早すぎる」

右京の言葉に、銀角は神妙な表情でうなずいた。

「だから、朝に顔を合わせたとき、姐御《あねご》の様子が違ったのか」

「まだおかしかったか」

「落ちこんでいましたね。からかっても生返事でしたよ」

「まあ、しかたない。母親に間違われるのは腹立たしいだろうが、ああ言われてはな。抱きつかせているときも、妙な顔つきだったよ」

小さな女の子が、死んだ母親と勘違いして抱きついてきた。さすがに、みねも思うところがあっただろう。

「それで、最後はどうしたんで」

「父親が無理に連れていった。娘は最後まで泣いていた。つらかったよ」

いまだに、お母ちゃん、という声が耳に残っている。

右京も、その日は左官と打ちあわせする気にはなれず、馴染みの飲み屋に吸いこまれ、昼間から酒をあおった。

「私は母の顔を知らぬから、親を失うつらさもよくわからない。でも、あの娘はなまじ抱かれたことを覚えてる分、よけいに厳しかろうよ」

「それ、三日前のことですよね。で、みねの姐御はまだ気にしていると」

「まあね」

親子と別れたとき、みねの顔は真っ青だった。唇は固く結ばれ、右京が声をかけても返事すらしなかった。

「いつまでも引きずっていても、しかたなかろう。どれ、声をかけてくるか」

「だったら、俺が……」

「馬鹿を言うな。こじれるだけだ。ここは私にまかせな」

「大丈夫なんですか。この間も、うめに頼み事をしたとき、さんざん罵《のの》られたじゃないですか。年増の気持ちはわかっているから、なんて豪語したくせに、あれで三日間、長屋が荒れて、大変だったんですから」

「あれは、うめの機嫌が悪かっただけさ」

半月前、右京は乾物問屋の川村屋《かわむらや》八兵衛《はちべえ》に、娘の送り迎えを頼まれた。彼には世話になっていたので、右京は気持ちよく引き受けたのであるが、その日になって急に番所で寄合があり、出かけることができなくなった。

そこで、うめに頼んだのであるが、すさまじい剣幕《けんまく》で怒鳴られ、追い払われてしまった。

あとで聞いたところによると、川村屋の娘は器量よしで知られており、町を歩いていると、しょっちゅう声をかけられるらしい。一時は名の通った武家から、奥向きに寄越してほしいと言われたほどで、近所では評判だった。

そんな娘と一緒にいれば、うめは当然、比較されることになる。それを嫌って、うめは勘気《かんき》を爆発させたのである。

亭主も子どももいる女が、なにを言っているのかと右京は呆《あき》れたが、もはや理屈ではないらしい。

結局、寄合は断って、自身が案内役を務めるしかなかった。

「女にちょっかいを出すと、ろくなことがありませんぜ」

「いいから、まかせな」

「あ、ちょうどいいところに」

やわらかい声に顔を向けると、丸顔の少女が右京を見ていた。

「おお、さよか」

右京の声に、さよは弾けるような笑みを浮かべた。

山吹色《やまぶきいろ》の小袖と朱《しゅ》の帯が、細身の身体によく似合っている。髪に、母親からもらった櫛《くし》を挿している。

さよはしあわせ長屋で、体調を崩した母親と一緒に暮らしていた。普段はうめの飯屋で手伝いをし、空いた時間は、近所の小間物屋で子守をしている。

気立てのよい娘で、どこへ行っても熱心に働く。

　これで母親の具合さえよくなってくれればよいのだが、じつのところ、夏から調子がさらに悪くなっていて、一日中、寝ていることも多かった。

「どうしたんだい」

「お客さんが来ていますよ。とてもかわいい人が」

「なんだって。話は聞いていないが」

「かわいい人ですよ。とっても」

「お、差配さんも隅《すみ》に置けないねえ。どこの女ですか」

「つまらない話はよしな。どこにいるんだ」

　銀角をたしなめつつ、右京が訊ねると、さよは路地の先に顔を向けた。

　北の表通りに面したところに、親子連れが立っていた。右京を見ると、静かに頭をさげる。

　誰であるかは、すぐにわかった。

　みねの袖をつかんだ娘と、その父親だった。

「いきなり訪ねてきて、すみません。あっしは、深川大工町《だいくまち》で細工師をやっている寛次郎《かんじろう》と申します。あの娘はあや。今年で五歳になります」

寛次郎は、閉ざされた引き戸に目を向ける。

その先から、明るい女の子の声が聞こえる。

あやだ。さよにお手玉を教えてもらっていて、うまくいくたびに声をあげている。

「さきほどはご迷惑をおかけしました」

寛次郎が頭をさげる。その先には、みねの姿があった。

ふたりが長屋を訪ねてきたところで、右京はとりあえず、みねに声をかけた。

目的は容易に想像がついたからだ。

みねが出てくると、あやは、ぱっと走りだし、その膝《ひざ》にすがりついた。お母ちゃんとは言わなかったが、懐《なつ》いていることはあきらかで、しばらく離れようとしなかった。

落ち着いたところを見計らって、右京はあやの相手をさよにまかせて、みねと寛次郎を自分の長屋に案内した。

「飛びつかねえように言っておいたんですが……」

「いえ、いいんですよ。悪気があってのことではなし」

みねは視線を合わせずに応じた。表情は硬い。

「先日も申しわけありませんでした。ちょっと目を離した隙に、ふらふら行っちまいまして。まさか、あんなことを言いだすとは」

「いえ、べつに……」

みねが黙りこんだので、代わって右京が話を続けた

「それにしても、よくここがわかりましたね。すれ違っただけなのに」

「なんと申しますか……あのあと、大変だったのです。お母ちゃんがいない、お母ちゃんがいない、と泣きまして。夜になっても止まらず、次の日には、お母ちゃんに会いにいくと長屋から勝手に出ていこうとしたほどです。さんざん言い聞かせたのですが、どうにもならず、昨日、あらためて堀川町《ほりかわちょう》に出向き、話を聞いたのです。そこでたまたま、御神本さまのことを知っている人がおりまして」

「ああ、それで、この長屋に来たと」

「はい。親しげだったので、居場所を知っているのではないかと思いまして」

寛次郎は、ちらりとみねを見た。肩をすくめて頭をさげる姿には、申しわけないという思いが強く漂っている。

「あの娘には、かわいそうなことをしたと思っています」

寛次郎は、彼らの身の上について語った。

彼は、子どものころに江戸に出てきて、飾り職人に弟子《でし》入りした。修業は厳しかったが、次第に細工師として認められるようになり、二十二のときに独立した。女房をもらったのは三年後で、その次の年にはあやが生まれた。

女房は、はじめての娘をかわいがり、片時も離さなかった。あやもまた、女房のあとをちょこちょことついてまわり、その姿は近所でも評判になるほどだった。

「ですが、二年前、流行病《はやりやまい》で逝《い》っちまいまして。ろくに看病する間もないありさまで」

「そうかい。それはかわいそうに」

「弟も一緒に死んでいます。まだ一歳でした」

重苦しい沈黙が、長屋を包む。言葉が出ない。

大人でも、母親と弟を失えば途方もなくつらかろう。甘えたい盛りの子どもであれば、なおさらだ。

あやの心痛は、いかばかりか。考えるだけでも胸が痛む。

「ここのところ、静かにしていたので、大丈夫かなと思っていたのですが、どうやら、そうではなかったようで。長屋ではいろいろと面倒を見てくれる人もいて、明るくしていたんですが」

「そりゃあ、そうだろう。寂しかったのだろうが、大人に気を使って見せないようにしていただけさ」

子どもは、大人が思う以上に気を使う。無理に笑顔を浮かべたり、わざと明るく振る舞ってみせる。

だが、心の痛みが消えることはなく、常に血を流しながら生きている。それは時として大きな重みとなり、子どもの心を押しつぶす。

「で、三日前の出来事につながるわけか」

「すみませんでした。迷惑をかけて」

寛次郎が頭をさげると、みねは曖昧《あいまい》に首を振った。

「それで、今日、ここに来たのは」

「もう一度、あやをそちらの方に会わせたいと思ったのです。そうすれば、母親ではないとわかってくれるかと」

「なるほど。理屈はわかるが、思ったようにはいかなかったようだね」

あやは、さんざん、みねにすがりついて離れようとしなかった。寛次郎が引き離そうとしても言うことを聞かず、逆に敵意のこもった瞳で、睨《にら》みつける始末だった。

さよが遊びに誘ったときも、ぎりぎりまでみねの裾を握っていた。

「かえって思いださせてしまったようで。うまくいきませんね」

「こじらせてしまったかもしれないね」

右京は腕を組んで、寛次郎を見た。

「なってしまったことは、しかたがない。それで、この先、おまえさんはどうしたいと……」

そこで戸が開いて、あやが飛びこんできた。みねに駆け寄ると、ためらうことなく抱きつく。

「お母ちゃん、お母ちゃん」

「ごめんなさい。急に走りだして、止められなくて」

さよが謝る間も、あやはみねに顔をすりつけていた。

「よしなさい、あや。その人はお母ちゃんじゃないんだよ」

寛次郎がたしなめるも、あやは激しく首を振って、腰に抱きついた。

みねは困惑している。引き離したいのであろうが、あまりにもあやが必死なので、どうすることもできず、その背中に手をあてているだけだ。

「あや、いいかげんにしなさい」

「やだ。だって、お母ちゃんなんだもの」

「離れなさい」

「いや」

寛次郎が引き離そうとすると、あやは激しく抵抗した。目には涙が浮かんでいる。

「やめなさい。子どもに無理を言うものじゃない」

たまらず右京は声をかけて、寛次郎を引き離した。

「邪魔が入ってしまったが、これはさっきの話の続きをしたほうがいいね。おまえさんたちは、どうしたいんだ」

「それは……」

「会えば母親でないことがわかると言ったが、これを見るかぎり、それは無理なようだ。甘えたい盛りなんだから、どうにもなるまい。そこでひとつ話があるのだが、しばらく、この子をここに通わせてはどうかね」

「えっ」

寛次郎とみねが、同時に声をあげた。

「たしかに、みねさんは母親じゃないが、それが頭でわかるようになるには、時がかかると思う。顔を合わせて話をしていれば、いずれ、どこかで母親じゃないと思うようになるだろう。そうなれば、自然と離れていくはずさ。やらせてみてはどうかね。送り迎えはつけるから」

「そ、それはかまいませんが……」

寛次郎はみねを見た。迷惑がかかるのでは、と言いたげだ。

それを察して、右京が声をかける。

「みねさん、あんたにもいろいろと思うところはあるだろうが、しばらく、この子に付き合ってくれないか。私もできるだけのことはするから」

さすがに、このままあやを見捨てるのはかわいそうだ。少しくらい甘えさせてあげたい、という気持ちもあった。

みねは、右京、寛次郎と見てから、抱きつくあやの背中に視線を移した。

小さい女の子は、顔を胸にうずめたまま動こうとしない。

わずかに、あやの細い腕に力がこもった。気配を察したのか、離れないという気持ちが表れている。

「そんな、あたしには……」

みねは、ふたたびあやを見た。表情がわずかに翳《かげ》る。

「どうだ、やってほしいのだが」

「あの、難しいですよ。本当にあたしでいいんですか」

「もちろん。おまえさんじゃなければ、駄目だ」

「毎日は無理ですよ。私にも仕事がありますので」

「暇なときだけでいいさ。私たちも、できるだけ面倒を見るよ」

「都合が悪くなるときもあります。身体の具合が悪くなることも、呼びだされて深川を離れることもあるんですよ」

「その場合は、日をずらせばいい。できるかぎりでいいんだ」

みねが背中を撫《な》でると、あやは顔をあげた。丸い瞳が涙で濡《ぬ》れている。

小さく息をつくと、みねは右京を見つめた。

「わかりました。そういうことでしたら、しばらくお付き合いしましょう。差配さんには、世話になっていますから」

「ありがたい。助かるよ」

右京は素直に頭をさげた。いちばんよいやり方ではないだろうが、いまはこれしか思い浮かばなかった。

寛次郎も感謝して、礼を述べた。

ふたりに頭をさげられたみねは、ひどく暗い表情であやを見ていた。

たしかに難しい役目だとは思うが、それにしても、憂《うれ》いの色が強すぎる。なにかほかに、思うところがあるのだろうか。

気になりながらも、右京は今後の予定を打ちあわせるべく、寛次郎に声をかけていた。

三

話しあいの結果、明後日から、あやはしあわせ長屋を訪ねることが決まった。来るのは三日に一度で、行き帰りは銀角が送り迎えする。朝から来たときには、昼過ぎには帰る。午後からの場合は、日が暮れる寸前までいる。

あやの相手はみねがするが、どうしても用事があるときには、長屋の面々が面倒を見ることも、そのときに決めた。

寛次郎が言って聞かせると、あやは思いのほか容易《たやす》く納得し、楽しそうに笑いながら帰っていった。

それから、あやは、約束の日になると、朝から飛ぶようにしてしあわせ長屋に姿を見せ、さんざんにみねに甘えた。

あるときは膝枕をしてもらい、またあるときには、長屋の路地をおんぶしてもらったりもした。家での出来事を事細かく語ることもあれば、身体をくっつけて眠りこむこともあった。

なんの打算もなく、みねに甘えるあやの姿は、長屋の空気を明るくした。

大工の文太《ぶんた》も、学者と呼ばれる儒者《じゅしゃ》も、あやを見ると、無条件に笑みを浮かべた。

強面《こわもて》のうめですら、あやを呼び寄せ、笑いながらできたばかりの握り飯を分け与えたりした。

みねも当初は、どのように接していいのか迷っていたようだったが、あやが無邪気に甘えるのを見て、抱きかかえたり、背中を撫でたりして、素直に好意を示すようになった。散歩の途中、かわいいお子さんですね、と言われたときなど、否定はしたものの、その顔には照れくささうな笑みがあった。

長屋にいるときは、おはじきやお手玉を教えたり、さよも呼んで知っている昔話を聞かせたりすることもあった。ふたりで鏡を見て、笑いあうこともあった。

それでも、あやにとっては、やはりみねに身体を寄せているときが、いちばん幸福なようで、長屋で一緒にいるときには、いつでも笑っていた。

いつしか、あやは、しあわせ長屋に欠かせぬ存在となっていた。


「すみません。昼までに帰る約束だったのに。こんなに遅くなっちまって」

寛次郎が頭をさげる。昼の段階で寛次郎は家に帰っておらず、使いの者が来て夕方に迎えにいくという連絡が入った。

時刻は暮れ七つを過ぎており、深川の空は朱色に染まっていた。庇の影が長く伸びて、あやの顔を覆《おお》っている。

「最近、新材木町《しんざいもくちょう》の大野屋《おおのや》って店がお得意先になりまして。ありがたいことに細工をたくさん仕入れてくださるんですが、その分、なにかと手間がかかってしまいまして」

「なあに、かまわんさ。今日は、さよに遊んでもらって疲れてしまったようだ。ここまでぐっすり眠っていては、起こす気にもなれませんよ」

右京はあやの頭を撫でた。穏《おだ》やかな寝息は、途切れることなく続く。

寛次郎が迎えにきて背負っても、あやが起きる気配はなかった。安心して眠っており、それがなんともいえずかわいらしい。

「今日は追いかけっこをしたんですよ。あやちゃん、足が速くて、なかなか捕まらなかった。いつまでもあたしが追いかけてばかり。ねえ、みねさん」

さよの言葉に、みねは苦笑いで応じた。彼女もまたあやに引きずりまわされ、長屋を駆けまわっていた。

「迷惑をかけちまって、すみません。それではまた」

寛次郎は頭をさげて、表通りに足を向けたが、少し行ったところで足を止めて振り向いた。

「あの、みねさん、ちょっと」

寛次郎がみねを呼び寄せ、話しかける。

それを見て、右京とさよはふたりから離れて、井戸端《ばた》へ向かう。

「知ってますか。ここのところ、寛次郎さんがみねさんを誘っているのを。この前はあやちゃんも連れて、どこかでご飯を食べたみたい」

「ご飯じゃなくて、甘い物な。本誓寺《ほんせいじ》門前の茶屋だよ。少し離れているから気づかれないと思ったのだろうが、この私が見逃すはずがないさ」

「気づいていたんだ。差配さん、そういうところは鈍いから、わからないと思っていた」

「なにを言っているんだか。おまえさんみたいな子どもには負けないよ」

「うまくいってくれないかな、あのふたり。そうすれば、みねさんが本当のお母さんになるのに」

「そんな思ったとおりにはいかないよ。男と女は難しいんだ」

そうは言ったものの、寛次郎がみねに興味を示していることはあきらかだった。

みねもまんざらではないと思うが、正直なところ、女心はよくわからない。

内心と行動が真逆だったりするので、うまくいっていると思っていても、まったく違うこともある。

ましてや、彼女の素性《すじよう》ははっきりしない。

しあわせ長屋に来るまで、なにをしていたのか、右京も把握《はあく》していない。前の長屋からの申し伝えもなく、そのあたりは気になっていた。

話し声が小さくなったところで、右京は路地に戻った。

ちょうど寛次郎が頭をさげて出ていったところで、みねは手を振って見送っていた。

帳面をつけるべく、右京が自分の部屋に足を向けたところで、気配が変わった。

みねが大きく息を呑《の》んだ。さがって路地に戻ろうとするが、横から伸びてきた手に引きずられて、大通りに引っ張られてしまう。

右京があとを追うと、ふたりは米屋の前で話をしていた。

相手は三十代ぐらいの男で、使い古しの絣《かすり》を身にまとっていた。背は高く、目つきは厳しい。前掛けをして手代《てだい》を装っているが、堅気《かたぎ》とは考えにくい。

男が厳しい表情で話をすると、みねは何度かうなずいた。視線を合わせようとはせず、顔は下を向いたままだ。

問いただすか、と右京が思ったところで、ふたりがこちらに気づいた。

みねは男から顔をそむけると、そのまま長屋に戻ってきた。逆に男は長屋から離れて、仙台堀へと向かった。

どうにも気になる。放っておくのはうまくないと、かつて隠密を務めていたときの感覚が告げていた。

右京が表通りに戻ると、ちょうど銀角が角を曲がって姿を見せた。

ちょうどいい。まだ、男は見えるところにいる。

合図すると、銀角は手をあげて、男の後ろにまわりこんだ。

こういうところは、察しがよくて助かる。

右京が長屋に戻ると、ちょうどみねは引き戸を開けて、部屋に入るところだった。その姿は、ひどく哀しげに見えた。

四

翌日から、みねは出かけることが多くなった。

夜が明けた直後に長屋を出て、日が暮れるまで戻ってこない。木戸が閉まる寸前まで帰ってこないこともあった。

あやが来る日も出かけてしまい、せっかく来たのに、顔を合わせないまま終わってしまったりもした。話をしてもほんの半刻《はんとき》ほどで、早々に立ち去ってしまう。つれない振る舞いだったが、あやは気丈《きじょう》に振る舞い、みねを送ると、さよや長屋の住人と一緒に遊んだ。それでも、ときおり見せる寂しげな表情には、隠すことのできない幼子《おさなご》の本音《ほんね》があった。

右京の心は痛んだ。

それは長屋の住民も同じようで、うめや大工の文太は、みねを見かけると、もう少し一緒にいてやってほしい、と声をかけた。

だが半月が経っても、みねの振る舞いは変わらなかった。それどころか、逆にあやに冷たくあたることが増えた。

遊びにきても鬱陶《うっとう》しげに振る舞い、すり寄っていくと露骨に身体を引き離すこともあった。

やめておくれよという荒々しい声が響いたことがあって、右京が様子を見にいくと、あやがうつむいて涙ぐんでいた。みねは腕を組んで、あやを見おろしており、その目は冷たかった。追いだされるようにして、あやは帰り、みねはまたすぐに出かけた。

それでも、あやは三日後には姿を見せ、みねにすり寄った。邪険にされても、必死にその膝にすがりつき、甘えようとした。

あやにはみねしか見えておらず、その肌の温かさがすべてのようだった。

だが、みねは答えようとせず、苦々しげに見おろすだけだ。

事件が起きたのは、それから十日後だった。


「なにするんだい、この子は。やめなって言ったのに!」

帳面をつけていたところで怒鳴り声が響いたので、右京はあわてて長屋を出た。

すぐに戸が開いて、みねが出てきた。顔を真っ赤にして、あやを引きずりだすと、路地に放った。

勢いがついていたので耐えられず、あやは尻餅《しりもち》をついた。

「なにをするんだ、こんな小さい子に」

右京は駆け寄り、あやを抱きあげた。

「大丈夫か」

あやはうなずくだけで、なにも言わない。その目には涙がある。

「いったい、どうした。無茶をして」

「どうしたもこうしたもありませんよ。見てくださいよ、あれ」

みねが目で示したのは長屋の土間で、そこには、割れた皿の破片が散らばっていた。

「あの皿、昔、世話になったお店でもらったものですよ。備前《びぜん》の名品で、名の通った茶人にも褒《ほ》められたことがあるんです。大事にしていて、絶対に売らなかったのに。それがこんな子に壊されて。よけいなことをしないでって言ったのに、無理やり手を出してくるから」

「気持ちはわかるが、子どものやったことだろう」

「なら、子どもはなにをしてもいいんですか。盗みをしても、火付けをしても」

「そんなことは言ってない。話を曲げるな」

「言っていますよ。子どもがしたことだから耐えろって。理不尽もいいところです」

みねが睨みつけると、あやはうつむいた。

あまりにも声が大きかったので、長屋の住人が次々と顔を見せる。文太と学者は、交互にみねを見る。

さよはあやに歩み寄ったが、みねに睨まれて、手を握る寸前で止まってしまった。

「ごめんなさい」

あやがつぶやくように言うと、みねは声を張りあげた。

「あやまればいいってものじゃないんだよ。なにさ、わがまま言い放題で。こっちの身にもなっておくれよ」

「ちょっと、みねさん、それは言いすぎだ」

「黙っておくれ。迷惑をこうむっているのは、こっちなんだからさ」

文太の言葉を封じると、みねは右京に向き直った。

「情にほだされて、この子の面倒を見てきたけれど、これ以上は我慢できませんよ。あちこちに付き合わされ、金も使わされ、あげくの果てに大事にしていた物を壊されたんじゃたまらない。馬鹿馬鹿しい。自分の子どもでもないのに、なんでここまでしなきゃならないのさ」

あやの肩が、びくりとあがった。その手は硬く握られたままだ。

「もういいですよね。十分にやることはやったんだから。子守りは、これまでにさせてもらいますよ」

みねはあやを見おろした。瞳がわずかに翳ったが、それは一瞬で消えた。

「あと、よい機会だから言っておくけれど、あたし、近いうちにこの長屋を出ていきますから。ここにいたのは、仲町の置屋《おきや》で金を借りていたからですよ。逃げようとしたんだけど、最近、見つかっちまいましてね。それで金策に走りまわっていたんですよ。ああ、差配さんは見ていますか」

「先だって、長屋を出たところで会っていた男かい」

「ええ、そうです。でも、それももう、おしまい。金が集まって、せいせいしました。だから、もう出ていきますよ。こんなところ、二度と来るものか」

みねはあやを見た。その表情は酷薄《こくはく》と言ってよかった。

「あんたもだよ。勝手にまとわりついて、いい迷惑だったんだ。さあ、さっさとお帰り。二度と来るんじゃないよ」

あやは動かない。

「だったら、あたしが行くよ。じゃあね。今日は戻らないから」

みねは身支度をすると、長屋を出ていった。せまい路地は静寂《せいじゃく》に包まれる。

誰もなにも言わない。文太も学者も、あやも、うつむいたまま黙っていた。

重苦しい空気を押しきって右京が顔をあげると、南の木戸をくぐって、銀角が長屋に入ってきた。強張《こわば》った表情のまま、うなずく。

右京はうなずき返すと、あやに声をかけた。

つらいだろうが、今日のところは耐えて帰ってもらわなければならなかった。

五

戸を開く音がしたのは、暮れ五つを過ぎた頃合いだった。

しあわせ長屋は、いずれの戸口も建て付けが悪く、独特の音を立てて開く。右京はその音を聞いただけで、誰が帰ってきたのかわかるようになっていた。

右京は戸を開けると、静かに声をかけた。

「今日は泊まりじゃなかったのか、みねさん」

「ふん、ちょっと喧嘩しちまってね」

「相当に飲んでいるようだ。それなら、さぞ口も軽かろうな」

「よけいなお世話さ。ほら、さっさと帰っておくれ。あたしゃ寝るんだからさ」

「そうはいかない。理由《わけ》を聞かせてもらわないとな。どうして、あの娘にあそこまで冷たく振る舞ったのか」

　みねは息を呑んだ。その口元が、わずかに震える。

「気づいていなかったと思っているのか」

　右京は穏やかに笑った。

「あの皿、備前の逸品《いっぴん》と言っていたが、嘘《うそ》っぱちだな。松永橋の橋詰めで売っている安物さ。亀戸《かめいど》の裏で無理に土を練りあげているから、ちょっとつつくと簡単に壊れちまう。あの陶工《とうこう》とは知りあいでね、じつは、何度か作ってもらっている……んだよ」

「酔狂《すいきょう》なことだね」

「おかげで、偽物《にせもの》だってすぐに見抜けた」

　みねは顔をそむけた。冷たい風が吹いて、送り髪が揺れる。

「あの言いまわしだって、おかしいさ。気が立っていたとはいえ、わざわざあやを傷つけるような振る舞いをした。追い払いたいのであれば、寛次郎に会って、これで終わりと言えば、それで済んだ。わざわざ口汚く罵ったのは、長屋の連中にあやが嫌いになったと見せつけたかったからだろう。怒っているところを見せつければ、長屋に来なくなってもあたりまえと思うはずだ。だが、芝居を打つにしても、下手《へた》くそすぎるね」

「……そんなに駄目でしたか」

「ああ。おまえさんが出ていったあと、文太はすぐに言ったよ。なにか事情があるみたいだから、話を聞いてくださいって。さよもそうさ。みねさんはあんな人じゃないから、理由《わけ》があるはずって。ちょっとの間だが、長屋で一緒に暮らしているんだ。性根なんか、とっくに見抜かれているさ」

ここのところの、みねのおかしな様子は、みなが不審に思っていたようだ。

「話を聞かせてもらえないか」

みねは、目で部屋に入るようにうながした。夜ということもあって、右京はあえて履《は》き物を脱がず、板間の縁に腰かけた。

火の気がないこともあり、部屋はひどく寒い。灯《あか》りもつけず、静かにみねは板間に座った。

「さて、どこからはじめましょうかね。差配さんは、あたしのことをどこまで知っていますか」

「なにも。はっきりしているのは、盗人《ぬすっと》の一党につながっていることかな。たしか、東風組《こちぐみ》だったか……あのとき会っていたのは置屋じゃなくて、盗人の手下だろう」

「どうして、そのことを」

「調べてくれた、銀角がね」

銀角は、みねと男が出会った日から、彼女の周囲に探りを入れていた。運良くふたたび男の姿を見つけ、あとをつけてねぐらを突きとめた。

男は伊兵衛《いへえ》と名乗り、陶器を売るために江戸に出てきている、という触れこみだった。大小さまざまな商家に顔を出しては、さかんに商《あきな》いを持ちかけている。気の利く男で、話もうまいと評判だったが、右京はかえって引っかかった。

「地方から来たにしては、なんて言うのかな……あまりにも隙がなさすぎた。どうしても田舎者が江戸に来ると気を張るんだが、それがない。江戸に慣れすぎている、と感じたね。盗み仕事で、何度も来ているんだろう」

「よくわかりますね。そのとおりです」

　みねが応じた。

「あの人はつなぎ役で、先に江戸に来て、仲間を迎え入れる仕度を調えるんです。私が知っているだけで、三回はやっていますね」

「おまえさん、あいつらの仲間なのかい」

　右京が口調を変えずに問いかけると、みねは大きく息をついて応じた。

「そんなようなものです。江戸で押しこみ先の調べを進めて、あの人たちに伝える。たまに、そんなことをやっています」

「一緒に押しこんだことは？」

「ありません。そこまで信じてもらってはいないようで」

　みねは苦々しげに笑った。

「あたしは、十三のときに家を飛びだして、江戸で暮らしはじめました。父は早くに死んで、母がひとりで育ててくれたんですけれどね。十を過ぎるころから男と暮らすようになって、それがまあ、とんでもない屑《くず》でして。母の金を搾《しぼ》りあげて、酒と博打《ばくち》に突っこんでいました」

　最後にはみねに手を出してきたので、あわてて逃げだした。あとは、流れるままに生きてきたと語った。

「悪いことをたくさんしてきました。盗みもしましたし、人を騙《だま》したこともあります。大店の情人となって、人の金で生きてきたこともあります。このことに言いわけはしません。ほかに、できることもありませんでしたから」

「そうか」

「盗人の手助けをしたのは三年前。深川で軽子《かるこ》を務めていたときです。ある男に訊《き》かれて、有名な米問屋の話をしました。旦那《だんな》と女房の仲が悪くて、さかんに喧嘩している。理由《わけ》は、旦那が外に作った女に、さんざん金を貢《みつ》いでいるからだって。はじめは、ただ訊かれるがままに話していたんですけれど、しばらくしているうちに盗みにかかわっていることを知りました。ですが、もう止まりませんでしたね」

みねは息をついた。

「で、盗みに入られて、金を盗られて。旦那と女房は無事でしたが、江戸からは出ていくことになりました。さすがにあたしも気が咎《とが》めましてね、しばらく江戸から離れたんです」

「伊兵衛は、そのときの仲間か」

「はい。私が江戸に戻ったら、どこからともなく現れて声をかけられました。つきまとわれるのは嫌なので、この長屋に移ってきました。ほとぼりが冷めたら、どこか別の場所に行くつもりだったんですが、そうはうまくいかなくて、また手を貸すことになっちまいました」

みねは首を振った。

運命に翻弄《ほんろう》される憐《あわ》れな女の姿が、そこにはあった。

きわどいところで踏みとどまれず、悪の道に落ちる男女はいくらでもいる。人の道は思いのほかせまく、ちょっとしたつまずきで外れてしまう。

おそらく、みねも巡りあわせがほんの少しでも違っていれば、まともな暮らしをしていただろう。

あやへの態度を見れば、それはわかる。優しく背を撫でる姿は、情愛の念であふれていた。

「では、あやを遠ざけたのは……」

「ええ、これ以上、伊兵衛に見られたくなかったんですよ。なにをされるか、わかりません。すでに怪しまれていますから」

「それにしても、あんな言い方をせずとも。あやは傷ついていたよ」

最後までこらえていたが、あやが哀しんでいたことは容易に見てとれた。母が死に、ここでみねから見捨てられれば、幼子の思いは行き場を失ってしまうだろう。

「わかっています。でも、ああしないと、もう駄目で……」

みねは、息を詰まらせた。小さな泣き声が長屋に広がる。

「あたしは怖かったんです。無邪気に近寄ってくるあの娘が」

「みねさん」

「もう本当に、ためらいがないんですよ。あたしの顔を見ると、胸に飛びこんできて。お母ちゃん、お母ちゃんって言ってくれるんです。本当にかわいいですね。でも、その背中を撫でるあたしの手は、穢《けが》れているんですよ」

「………」

「こんなのよくないに決まっているじゃないですか。さんざん悪事をしてきたんですよ。そんな手からなにかが流れこんで、きれいな心を汚したりしたら。それが原因で、あの娘から幸せを奪うようなことがあったら、あたしにはもう耐えられません。ここで離れれば、寛次郎さんと一緒に、きっとまっとうな道を歩んでくれるでしょう。だから……」

そこから先は言葉にならず、みねは袖で顔を押さえた。

その気持ちは、右京にもよくわかる。

隠居する前の彼は伝説の隠密であり、ひとりで蝦夷《えぞ》から薩摩《さつま》まで飛びまわって、外様《とざま》大名の内情や外国人の動向を調べてきた。そのときに多くの敵と戦い、苦しい戦いの末、討ち果たしてきた。

敵ばかりか味方からも、『死神』と呼ばれ、怖れられていた。

役目であったのだからやむをえないのであるが、それでも、人を殺した跡は拭《ぬぐ》っても消えることはなく、心の奥底に染みついて、いまも右京を苦しめる。

こうして長屋で暮らしていると、たまに自分が間違ったことをしているのではないか、と思うときがある。

穏やかな暮らしを送ることなど許されるはずもなく、どこかの野原で晒《さら》し者になって死ぬべきなのではないか、と心の底から声がする。

打ち消すのは難しく、ときには酒を飲んで、無理やり眠ることもある。

悪事に手を染めたみねもまた、同じ苦しみを味わっているのだろう。

それはどうすることもできない、人の業《ごう》だ。しかし……。

右京は静かに語りかけた。

「みねさん。言いたいことはわかるが、昔にこだわってばかりじゃ、大きな幸せを逃してしまう。大事なのは、いまだろう」

「差配さん。でも……」

「あやはおまえさんを慕《した》っている。もし、あんたがここで、あやを突っ放したら、あの娘の笑顔は死ぬまで失われるかもしれない。ひとりで、ずっとうつむいている寂しいだけの子になるかもしれない。それでもいいのか」

みねは顔をあげて、右京を見た。赤い目は大きく見開いている。

「いいえ。それは駄目です」

「だったら、なんとかしないと。起きてしまったことはどうにもならない。だが、これから起きる不幸は、止めることができるだろう」

「でも、あたしは穢れているから……」

みねは視線を切る。その手は細かく震えていた。

「ここが踏ん張りどころだよ」

そこで右京は、声を低くした。ここからが大事だ。

「それに、もうひとつ、言っておかねばならないことがある」

「なんですか」

「伊兵衛の一味がどこを狙っているか、銀角が調べてくれた。新材木町の小間物問屋、大野屋利兵衛《りへえ》のところさ。すでに手下の者が入っているらしい」

「小間物屋の大野屋って、もしや」

みねが息を呑み、右京がうなずく。

「そうさ。寛次郎の取引先だ」

六

翌日から、みねは動いた。大野屋の周囲を警戒しつつ、伊兵衛を通じて、盗賊の一党が身を隠している場所を調べはじめた。

寛次郎が巻きこまれるかもしれないと知って、みねの目の色は変わっていた。望んで伊兵衛と会って話をしているだけでなく、積極的に仲間に加えてくれるよう頼みこんでいるようで、右京の目には、踏みこみすぎているように思えた。

朝から出かけて日が暮れるまで戻らず、帰ってくると右京に、今日の出来事を報告して眠るという日々が続いた。

ひどく疲れているようだったが、それでもみねは盗人の探索をやめようとしなかった。

「差配さん、こっちだ。来ておくれ」

みねに呼ばれて、右京は道を渡って、小さな蕎麦屋に入った。きれいな店で、小上がりに座ると、すぐに店の者が注文を取りにきた。

「こんなところに蕎麦屋があったんだね。知らなかった」

「十日前にできたんだよ。信州《しんしゅう》の生まれで、子どものころから蕎麦を作っていたんだってさ。江戸に来て、腕を試してみたかったみたい」

「へえ。それは、いい心がけだ」

「助かったよ。ここなら店の動きがよくわかる」

通りをはさんだ向かい側が、大野屋だった。ちょうど職人が店に来たところで、番頭《ばんとう》らしき人物と店頭でなにやら話をしていた。

奥では、手代が小売店の店主と品物を見ながら、商談を進めている。

人の出入りは途切れることなく、繁昌《はんじょう》していることがひと目でわかった。

「毎日、ここに来ているのか」

「そこまではしていないよ。三日のうち二日ってところだ」

「ちょっと入れこみすぎだろう。迂闊《うかつ》に踏みこみすぎるのはよくない」

あらためて、右京はたしなめた。

「このままだと、みねさんの身が危《あや》うい。そろそろ町方にまかせたほうがいいんじゃないか」

「連中が動くのは、盗みがあってからさ。あたしみたいな連中がなにか言ったって、右から左に流す。どうにもならないよ」

みねの目はつりあがっていた。充血がひどいこともあり、ひどく殺気だっているように見える。

焦《あせ》る気持ちはわかるが、うまくない。

必死に手を尽くしても、物事がうまくいくとはかぎらない。逆に思わぬ形で、足をすくわれることもありうる。

「あのね、みねさん……」

「来ました、伊兵衛です」

角を曲がって、優男《やさおとこ》が姿を見せた。前と同じ絣を身につけている。

伊兵衛は左右を見まわすと、大野屋の店頭を通りすぎた。それにあわせて、荷を数えていた手代が動いて、伊兵衛に並ぶ。

少し話をしてから、ふたりは別れる。

「伊兵衛が出てきたってことは、そろそろですね。今日明日中にも、盗みに入るかもしれません」

「そんなに早くか」

「ずいぶん前から、手筈《てはず》は調えていたんです。急いで手を打たないと」

みねは立ちあがった。

「差配さん、ここはまかせます。私は伊兵衛のあとをつけます」

「よしな。万が一のことがあったら……」

「そんなへまはしません。さんざん危ない橋を渡ってきたんですから」

みねは代金を払うと、蕎麦屋を出た。あわてて右京もあとを追う。

伊兵衛はしばらく大野屋の近くにとどまって様子を見ていたが、そのうちに懐に手を入れて、店から離れた。みねがあとを追う。

顔をしかめて、右京はついていこうとしたが、そこで声をかけられた。

「あの……御神本さまですよね」

聞き慣れた声に振り向くと、寛次郎の姿があった。

「すみません。ご無沙汰《ぶさた》していて。あれだけあやが世話になったのに、なんのお礼もせずに」

「あ、いえ、それはいいんです。お互いさまですから」

困った。みねのあとを追わねばならないのに。

「すみません。ちょっと用がありますので、私はこれで……」

「待ってください。お忙しいのはわかりますが、話があるのです。みねさんのことで」

寛次郎の表情は真剣だ。

思わず右京は足を止めた。こんな顔をする男を、放っておくことはできない。


右京は一刻ほど寛次郎と蕎麦屋で話をすると、しあわせ長屋に戻った。すぐにでもみねと話がしたかったが、まだ戻ってきてはいなかった。

右京は焦《じ》れながらも、銀角に指示を出し、準備を整えた。

みねは夜になっても戻ってこなかった。いつまで経っても戸が開く音はせず、彼女の部屋は静寂に包まれたままだった。

翌朝、みねの不在があきらかになり、長屋は騒ぎになった。文太やうめが近所で聞いたが、彼女を見かけた者はいなかった。仕事先に使いを出しても、居場所は知らないとの返事が戻ってくるだけだった。

右京は長屋の面々を宥《なだ》めつつ、みずから行方を調べてまわった。

心あたりを訪ね、大野屋の周囲や、伊兵衛が現れそうな盛り場も見てまわったが、手がかりはなかった。

日が傾き、右京の焦りは頂点に達した。

最悪の事態が頭をよぎったところで、ようやく動きがあった。銀角が、みねの居場所を突きとめたのである。

七

右京は、日が暮れるのにあわせて、洲崎《すざき》に向かった。

神社の門前から少し離れたところに、町屋があった。

以前は岡場所で、夜になっても人が途絶えることがなかったが、例の改革で消滅した。水野忠邦が役目を退《しりぞ》き、鳥居《とりい》耀蔵《ようぞう》も南町奉行の地位を追われたことで、改革はひと息ついたが、それでも消えてしまった町の灯《ひ》が戻ることはなかった。

右京が到着したときも、西の空にわずかに明るさが残っているにもかかわらず、人の気配はまったく感じられなかった。

「こいつはひどいな。お上も、もうちょっと考えて動いてくれねえと」

銀角が顔をしかめた。

かつては渡世人《とせいにん》だっただけに、洲崎の岡場所が華やかであったころもよく知っているようだ。寂れた空気には、文句のひとつも出てこよう。

「追っ払われた女たちは、吉原に放りこまれたが、いいところ座敷持ちだって話ですぜ。五両で引き取られた女もいるって言うし、本当に腹が立ちますぜ」

「御政道に文句をつけるのもいいがな、いまはみねさんが先だ。いったい、どこにいるんだ」

「その先の表店ですよ。まあ、表向きは炭屋ってことになっているが、このとおり、まわりにろくな家がない。戸を閉めたままで、商いはしていねえ」

「なのに、人の出入りがあった」

「そういうこと。あたってみたら、ぴたりでしたね」

銀角は先に立って、岡場所の跡地に入った。角をふたつ曲がると、彼の言うとおり戸を閉めたままの表店があった。二階建てで、風吹くたびに庇が軋《きし》んでいる。

「いるな……人の気配が感じられる」

「さすがですね。じゃあ、俺は裏にまわるよ」

「待ってくれ、私が行こう。おまえさんは、正面から堂々と行け。そういうのが得意だろう」

「小細工なしか。いいね、気に入った」

銀角は歯を剝きだしにして笑う。喧嘩となると心に火がつくようで、思いきり腕を振りながら戸に向かう。

右京は塀《へい》を軽々と越えると、店の裏手にまわった。土蔵で身を隠しながら裏戸にたどり着くと、表から大きな声がした。

「やい、悪党ども。聞いているか。深川の銀角さまが、馬鹿なおまえらを懲《こ》らしめるために見参《けんざん》したぞ。出てこい。それとも、町方が来るまで隠れているか」

やってくれた。派手なだけに、これは利く。

店内で足音がして、表に人が向かう。

動きが一段落したところで、右京は巧みに閂《かんぬき》を外して、店内に入った。そのまま階段をあがって、二階に向かう。

奥の座敷から、灯りが漏《も》れている。人の気配もあり、何事か声がする。

右京は懐から、細い糸を取りだした。細千と呼ばれる武具で、さながら生きているかのように糸が相手に絡みつき、その自由を奪う。

隠密時代、彼はこの細千で、多くの強敵と渡りあった。

樺太《からふと》から大陸に渡った際には、露西亜《ろしあ》の兵隊とも戦ったが、そのときにもっとも役に立ったのが、この細い糸だった。

右京にとっては、命綱《いのちづな》であり、相棒でもある。

座敷に忍び寄って中をのぞくと、みねが部屋の片隅に縛られているのが見てとれた。ほかには目つきの悪い男がふたりおり、窓から下を見ていた。

手には火のない燭台《しょくだい》があり、いまにも投げつけそうだ。

右京は思いきって襖《ふすま》を開くと、太い声で語りかける。

「よせ。物を投げるなぞ、卑怯《ひきょう》だろう」

ふたりの男は驚いて振り向いた。人がいるとは思いもよらなかったようだ。

右京が座敷に入ると、ひとりが我に返って、燭台を投げつける。

適当なので、動きは遅い。

横に避けて右京が細千を飛ばすと、たちまち男の首に絡みついた。そのまま締めあげ、一瞬で意識を奪う。

「こいつ」

残った男は長脇差に手を伸ばしたが、右京が細千をふたたび放ち、右腕を締めあげた。

思いとは反対方向に引っ張られて、男は呻《うめ》き声をあげる。

そこで力をゆるめると、男は大声をあげて飛びかかってきたが、それは自棄《やけ》っぱちな動きで、見切るのは容易だった。

腕をつかみ反動を利用して、右京は男を放り投げる。

壁にしたたかに背をぶつけて、男はその場に崩れ落ちた。

小さく息をつくと、右京はみねを助け起こす。

「大丈夫か」

「は、はい。いまのはいったい……」

「くわしい話はあとだ。面倒なことになる前に逃げるぜ」

右京がみねを抱きかかえるのと、町方が来たぞ、という銀角の声があがるのは、ほぼ同時だった。

八

戸が開く音がするのにあわせて、右京は立ちあがり、戸を開けて路地に出た。顔を向けると、目を大きく開いて、彼を見つめるみねの姿があった。

やっぱりか。背中に大きな荷物があるところからして、間違いない。

「朝早くからお出かけかい。みねさん」

「どうして……」

「出ていくなら、せめて挨拶《あいさつ》をしてほしかったねえ。もっとも、こっちに行かせるつもりはなかったがな」

みねは顔をそむけた。かまわず、右京は先を続ける。

「迷惑をかけたと思っているのだろう。盗人の件では、町方も来たしな。これ以上、手をわずらわせるのは悪いと思ったから、誰にも言わず、早々に立ち去ろうと思った。そうだろう」

「………」

「おおむね騒動もおさまった。目立たないように出ていくなら、今日であろうと思って待ちかまえていたのさ」

「なら、行かせてください。始末はあとからつけますから、お願いします」

盗人の一件は、町方が出向いたこともあり、早くに決着がついた。

主だった者は捕まって、沙汰がくだるのを待つだけである。大野屋への押しこみも事前に食い止められ、右京は内々に感謝されたほどだ。

一味がみねの名前を出したことで、一度だけ町方が訪れたが、罪に問われることはなかった。

右京が事前に馴染みの同心を通して話をつけており、今回の事件にはほとんどかかわっていなかったこともあって、お目こぼしとなった。

噂《うわさ》もさして広がることなく、みねはこれまでと同じ生活ができる。

だが、彼女の振る舞いを見るかぎり、割りきれていないのはあきらかだった。

「誰にも言わずに行くつもりか」

「不義理は承知のうえです。差配さんには、書状をしたためるつもりでした」

「あやにも言わないのか。あの娘は待っているよ」

みねの表情に動揺が走った。横を向いたときには、頰が細かく震えていた。

「言いません。いいえ、言えません」

「どうしてだ」

「会ったら、たぶん、どうなるかわからないから」

声にも震えがある。気持ちを必死に押さえているのだろう。

「あの娘は本当にかわいい。かわいいんです。まっすぐにあたしを見て、頼りにしてくれる。こんな汚い女なのに。このままだと、あの娘ではなく、あたしが甘えてしまう。こんな女でも、ここにいていいと思えてしまう」

「甘えていいだろう。あんたは苦労してきた。そのぶん、あの娘を甘えさせてやればいいのさ」

「でも、それじゃあ……」

「迷っているのなら、本人に言えばいい」

右京が合図すると、右京の長屋から寛次郎とあやが出てきた。

「そんな、どうして……」

「待ちかまえていたと言ったろう。なら手は打っておくさ」

ふたりは右京の横に立って、みねを見つめた。

「寛次郎はすべてを知っているよ。そのうえで、おまえさんにいてほしいと思っている」

右京は、寛次郎に声をかけられたあの日、すべての事情を話した。みねの過去も、大野屋をめぐってなにが起きているのかも。

そもそも、寛次郎が声をかけてきたのは、みねを気遣《きづか》っていたからだ。あやへの振る舞いを見て、なにか事情があると考え、右京に相談する機会を見計らっていた。たまたま見かけて、すぐに話を持ちかけたのである。

みねが行方知らずと聞いたときには、ひどく動揺し、自分も探すと言って聞かなかった。右京が懸命に説得したが、娘のことを持ちださねば、きっとすぐ飛びだしていただろう。

みねが顔を向けると、寛次郎はうなずいた。

「それに、あやちゃんだって」

右京がかがんで背中を押すと、あやは、ぱっと走りだした。そのまま、みねの膝にすがりついて顔をうずめる。

「行かないで、お母ちゃん。ずっと一緒にいて」

小さな腕に、ぎゅっと力が入る。

「なんでも言うことを聞く。どんなことでもする。だから、ずっと一緒にいて。だって、お母ちゃんなんだもの」

「で、でも……」

「なにもいらない。お母ちゃんだけがいればいい。一緒にいる。ずっと一緒」

みねはしばし天を仰《あお》いでいたが、目に見えないなにかに押されたように膝をつくと、しっかりとあやを抱きしめた。その顔を、肩にうずめる。

「……行かない。どこにも行かない。ずっとそばにいる。いるからね」

「お母ちゃん」

大声であやが泣き、それをみねが抱きしめる。

いつしか長屋の住人も出てきて、抱きあうふたりを見ていた。うめはもらい泣きをし、さよも、出てきた母親に顔をすり寄せていた。

右京の胸にも、熱い思いがこみあげてくる。

冬の日射しが、頭上から降りそそぐ。

それは、冷たい風が吹き抜ける深川の長屋に、なんとも言えぬ温かさをもたらしていた。

第二話　隠密の女

一

海辺橋《うみべばし》を渡って深川海福寺《かいふくじ》の門前まで来た右京は、中年の男に声をかけられた。大工の文太だ。道具箱を担《かつ》いでいるせいか、いつもより粋《いき》に見える。

「差配さん、お帰りかい」

「おう、文さん。ちょうど寄合が終わったところだ。いや、まいった」

「もしかして丸太橋《まるたばし》での喧嘩《けんか》かい。銀角が派手にやらかしたからね」

「悪いのは相手だが、番屋に引っ張られたからねえ。おまえさんの長屋は狂犬を飼っているのかって、さんざん嫌味を言われてな」

三日前、長屋の近くで、銀角とならず者が派手な立ちまわりを演じた。

相手はうめの店に因縁《いんねん》をつけていて、たまたま通りかかった銀角が咎《とが》めたことで、殴りあいがはじまった。

見物人が取り囲むほど見応《みごた》えはあったらしいが、揉《も》め事を起こしたのは間違いない。差配の寄合でなんとかしてほしいと文句をつけられ、右京は頭をさげるしかなかった。

「まったく、絞め殺してやりたいものだ」

「はは。まあ、あれはあれで役に立っていますって。うめさんの店も助かったわけだし。追いだしたりはしねえでくださいよ」

「まあ、蹴飛《けと》ばして堀に叩きこむだけで済ませるさ」

右京は手を振って、文太と別れた。

話が出たこともあり、右京はうめの店が気になった。まっすぐ長屋に帰らず、表通りをまわって、丸太橋の方角に向かう。

うめの店は、しあわせ長屋を出て、すぐの表店にある。

角地で、近くには炭問屋の河岸《かし》も近いので、客が途切れることなく来る。そこそこ儲《もう》かっているだろうが、うめはあまりその話をしたことがない。

右京が訪ねていくと、さよが顔を出した。

「ああ、差配さん」

「うめさんはいるか」

「すみません。ちょっと出払っていて」

そこで、さよを呼ぶ声がした。応じようとしたところで、別の高い声がそれを遮《さえぎ》る。

「さよさん、こっちは私がやりますよ」

「すみません、なつさん。お願いします」

なつと呼ばれた女は、髪を島田《しまだ》に結い、格子《こうし》に黒帯といういでたちだった。年はよくわからない。三十に近いと思われるが、もっと若いかもしれない。身体は細く、腰のあたりはしっかり引きしまっている。対照的に胸はしっかりと張っており、男どもが好奇の目を向けている。

大きな黒い瞳が印象的な美人だ。

「なつさんもこっちにいたのか」

「はい。おかげさまで、なんとかやっています。うめさんには怒られてばかりですけれど」

「そんなことないですよ。しっかりやってますよ」

さよが笑顔で口をはさむ。

「飲みこみがよくて、お客さんともしっかり話ができて。ちょっとした盛りつけまでやっちゃうんですから。本当に役に立ってますよ。ねえ」

さよが声をかけると、店の男から、そうだそうだ、と声があがる。思わぬ反応だったのか、なつは顔を伏せる。

「よしてくださいよ。まだまだなんですから」

なつは、先月末、しあわせ長屋に入ってきた。

みねが寛次郎と暮らすために出ていき、ちょうど空いた部屋に移り住む格好となった。

仕事を探していたようだったので、右京はうめの飯屋を紹介した。

さよだけでは手が足りないと聞いていたので、経験のあるなつはちょうどよいように思えた。

いまのところ、彼女はうまくやっているようで、うめが留守にしても店はまわっているらしい。

なつが膳《ぜん》を置くと、男が声をかけてきたが、巧みにあしらって立ち去る。男も満足しているようで、笑顔で飯を食べはじめる。

「たいしたものだ」

右京は感心しながら、食事を注文する。繁盛するのも当然で、この店は値段のわりに食べ応えがある。

店を見まわしているうちに飯が運ばれ、右京の前に置かれた。

「はい。お待たせしました」

「すまない」

右京は味噌汁《みそしる》に手をつけながら、なつに話しかけた。

「長屋には慣れたか」

「おかげさまで。いい人ばかりで助かっています。文太さんには、壊れた窓の手直しをしてもらいましたし、学者さんには草双紙《くさぞうし》を貸していただきました」

「あんたが美人だからだよ。気を許すと、一気に食いついてくるよ」

「やめてくださいよ。あたしなんて、たいしたことありません。それより、さよちゃんのほうがずっといい。あの娘、美人になりますよ」

「そうだな。もう五年もしたら、おもしろいかもしれんな」

さよは若い男を相手に、なにか話をしていた。

「まさか、住んでる長屋が取り壊されるなんて、思いもしませんでしたから。あのままだったら、住むところをなくしていました」

「蔵を建てるために、住人を追いだしたんだよな。ひどい話さ」

本所《ほんじょ》、深川は水運がよいことから、大店《おおだな》の蔵《くら》が数多く建てられている。佐賀町に並ぶ三井《みつい》の蔵は有名で、対岸から見ると黒い壁《かべ》がずらりと並んでいる。

ここのところ、お上《かみ》の締めつけがゆるむことを見越して、蔵を建て直す動きが目立つ。冬木町《ふゆきちょう》では本町《ほんちょう》の炭問屋が話を進めており、長屋の住人がひどく気にしていた。

ひと足早く本所で動きがあったわけだが、店子《たなこ》にろくに説明もせずに追いだしてしまうやり方は、いかにも悪辣《あくらつ》だった。

「ずっと、しあわせ長屋にいるつもりか」

「ちょっとわかりませんね。住むにはいいところなんですけれど……」

なつの表情が陰《かげ》る。鬢《びん》を撫《な》でる仕草もどこか重々しい。

「できれば、本所に戻りたいんですよ」

「なにか理由《わけ》があるのかい」

「そんなわけでは。ただ、住み慣れていて、いいかなと思っていて」

なつは、本所で十年以上暮らしていたので知りあいも多く、町の雰囲気もよくわかっている、と語った。

「ちょっと考えてみます。このまま暮らすかもしれませんが、本所でいいところがあれば移るかもしれません。すみません、勝手を言って」

「いいんだ。好きなようにすればいい。それがこの長屋のいいところさ」

どのように住むかは、店子が決める。それが、しあわせ長屋のやり方だった。

「ただ、出ていくときには、幸せであってほしいね。名前負けしないようにな」

「そうですね」

なつが応じたところで、厨房《ちゅうぼう》から呼ぶ声がした。料理ができたらしい。

それを見計らっていたかのように、新しい客が店に入ってくる。一気に人が増えて、行き来するのも難しいほどだ。

混雑のなかを、なつは客に声をかけつつ、巧みに進んでいく。身体をぶつけることなく、逆に質の悪い男が胸に手を伸ばしてきても、それをさりげなく手で払うだけの余裕があった。

無駄のなさに、右京は感心した。いや、なさすぎる、と言うべきか。

できるかぎり右手を開けるようにしているのも気になる。万が一のとき、すぐに動けるように準備しているかのようだ。

「まさかね」

右京は苦笑した。

長年、隠密をやっていたせいか、つまらないところに目が行ってしまう。給仕をやっていれば、人を避けるのはうまくなるだろうし、手を空けているのも膳を運ぶための工夫でしかないだろう。深読みはよろしくない。

右京は勘定を置くと、店を出た。

ようやくうめが帰ってきたところで、なつに呼ばれると、威勢のよい声をあげながら厨房に入っていく。

客はさらに増えていたが、混乱するでもなく、見事にさばいていく様子が外からでも見てとることができた。

二

見知らぬ顔に気づいたのは、右京が蕎麦屋《そばや》から帰ってきたときだった。

観月庵《かんげつあん》は開店当初から通っている馴染《なじ》みの店で、深川の蕎麦好きにはよく知られていた。訪ねていくと、かならず知った顔がいるので、ついつい足を向けてしまう。

もちろん、蕎麦の味も絶品で、仲町の三春屋宇兵衛《みはるやうへえ》にも優《まさ》るとも劣《おと》らない。

いや、麵《めん》の出来なら観月庵が上だろう。蕎麦粉だけで打っているにもかかわらず、ざらついたところがなく、するりと喉《のど》を通っていく。深川屈指《くっし》の味わいだ。

雨が続いて滅入っていたので、気分転換も兼ねて、右京は観月庵に赴《おもむ》いた。

絶品の蕎麦を食べ、趣味の合う者たちと話をしたあとで、右京はその男を見かけた。

「なにかご用ですか」

問いかける声は、ややきつくなった。

「女の部屋の前で、ぼうっと立っているのは、どうかと思いますぜ。いくら身なりがよろしかろうとね」

「あ、いや、それは……」

男は紺《こん》の絣《かすり》に、洒落《しゃれ》た薄緑の羽織《はおり》を身につけていた。手の混んだ代物で、金がかかっていることがわかる。

髷《まげ》もきれいに結っており、顔の手入れも行き届いている。大店の番頭と言っても通じる格好だ。

男は頭をさげた。

「これは失礼しました。私は、深川山本町《やまもとちょう》の大黒屋《だいこくや》で番頭を務めます、秋治郎《しゅうじろう》と申します。勝手をして申しわけありませんでした」

「大黒屋っていうと、あの塗物《ぬりもの》問屋の……これは驚いたね」

江戸屈指の名店で、大名とも付き合いがある。まさか、本当に大店の番頭だったとは。

「ここは、なつの長屋ですね」

「ええ。それがなにか」

「じつは話があって来たのですが、どうやら留守のようで」

「いったい、どういった用件で」

秋治郎が返答をためらったところで、やわらかい声がした。

「あら、差配さん、なにかご用ですか」

「おお、戻ったのか」

「ええ、ちょっと出かけていまして。そちらの方は……」

なつの言葉は途中で消えた。大きく開かれた瞳は、秋治郎に向いていた。

「すみません。お茶も出せませんで」

なつが白湯《さゆ》を入れた茶碗《ちゃわん》を出したので、右京は静かに手を伸ばしてすすった。

一方、秋治郎は膝《ひざ》に手を置いたまま動こうとしない。その視線も、目の前の女から動かない。重々しい空気が漂う。

秋治郎はなつを見て、話があるので聞いてほしい、と語りかけた。口調は穏《おだ》やかだったが、どこか強引なところも感じられた。

なつはしばしためらってから、提案を受け入れたが、右京が同席することを条件につけた。

さすがに右京は断った。店子と言えども、理由《わけ》がありそうな話に加わることはできない。あとから事情を訊《き》けば、それで十分だ。

しかし、なつはこだわり、何度も頭をさげてきた。結局、押しきられ、話を聞くことになった。

空気はひどく重いが、しばらくは耐えるしかなさそうだ。

「ようやく見つけたよ。まさか、三度も引っ越しをしているとはね」

秋治郎が口を開いた。その声はやわらかい。

「本所にいると思っていたから、ずいぶんと探してしまった」

「いましたよ。ただ、気づかれないように、少し離れていただけです。深川に来たのは最近です」

「なら、運がよかった。錬次《れんじ》がたまたま見かけてね。探してみたら、この長屋に住んでいるとわかった」

「迂闊《うかつ》でした。深川にお客さまが多いことは知っていたのに。見つけてくれって言っていたようなものでしたね」

「店に帰ってきてくれないか。おまえさんがいないと困るんだよ」

秋治郎は身を乗りだした。

話が見えてこない。いったい、なにを語りあっているのか。

口をはさもうかとも思ったが、わけのわからないままに突っこんでいくのもうまくない。

右京がためらっていると、気配を察したのか、秋治郎が視線を向けてきた。

「申しわけありません。じつは、おなつは、三年前まで大黒屋の下女を務めていたのです。入ったのは六年前で、それなりに年をとってからでしたが、よく働き、気も利きました。先まわりして仕事を片付けていくので、おなつがいるだけで、人の動きがよくなりました。辞める寸前には、女中頭《がしら》を務めていました」

「ほう、それは」

「ですが、ある日、突然に辞めてしまいまして。本所に長屋住まいをしたというので、様子を見にいきますと、そこにはもうおらず、どこかに消えてしまいました。それから三年の間、姿を見かけることはなかったのですが」

「深川に引っ越してきたのを、たまたま見かけたと」

「この長屋に住んでいることは、すぐにわかりました。そこで、こうして私が来たわけでして」

「店に戻ってほしい、と告げるためにですね」

「さようで」

なつは、右京の横に座ったまま動こうとしない。視線も下を向いている。

「それで、なつさんは、なぜ店を辞めたのですか」

「それは、その……」

秋治郎は言いよどんだ。店の事情とやらが絡んでいるのか。

「私は席を外したほうがよさそうだな」

「いえ、いてください。すべて話します」

なつは右京を見る。

「私が店を出たのは、若旦那《わかだんな》に、後添いにと言われたからです」

「なんだって」

「若旦那は、早くに連れあいを亡くしていて、ひとりで店を切りまわしておいででした。縁談はいろいろと舞いこんでいたのですが、断っていて。そんなとき、いきなり若旦那から一緒になってほしいと言われて。もちろん、受けることはできませんから、店を出たのです。あのまま残ることはできませんでしたから」

「そんなことが……」

大黒屋の若旦那であれば、それこそどんな女でも選ぶことができよう。身内の女中ならば妾《めかけ》でもよいものを、あえて後添いに選ぶとは意外であった。

顔をしかめた秋治郎が、言いにくそうに言葉を添えた。

「あとから話を聞いて、私も驚きました。内々に話は聞いていたので、無理はしないようにと言っておいたのですが」

「そういうわけならば、たしかに店にはいられぬな」

「だが、おなつ、そんな若旦那も去年、後添いをもらわれた。同じ塗物問屋の娘で、気立てのよい方だ。いまは若女将《わかおかみ》として、しっかり店を切りまわしておられる。近いうちに旦那さまが店を譲《ゆず》るという話も出ていて、そうなれば、もう安泰だ」

秋治郎の語気が強まった。眼光も、にわかに鋭さを増す。

「あとはおまえさんが戻ってきてくれれば、なんの不安もない。あのころの女中も残っていて、気心も知れていよう。だから戻ってきてほしい」

なつが答えるまで、しばらく時がかかった。

「それはできません」

「なぜだい。給金のことなら、少し……」

「いえ、そういうことではないのです。大黒屋さんにはよくしていただきましたが、こればかりは聞き入れるわけにはまいりません。ご容赦ください」

なつは、両手をついて頭をさげた。秋治郎はなおも言葉を重ねたが、彼女の意志を変えることはできなかった。

頑《かたく》なな態度は、いささか不自然に思えるほどだった。

なぜ、そこまで拒《こば》むのか。

秋治郎は一刻ほど話をしてから、長屋を立ち去った。未練たっぷりといった風情で、あきらめていないのが見てとれた。

「いいのか。乞《こ》われての話なんだから、悪くないと思うけれどね」

「やめてくださいよ、差配さん。せっかく店が変わるんだから、若い娘を入れればいいんですよ。できる女はいくらでもいます」

なつは立ちあがり、朱色《しゅいろ》の風車《かざぐるま》を持ってきた。それを戸の横に刺す。

「なんだ、それは」

「おまじないみたいなものですよ。これをやっておくといいことがあるんです」

「その縄は」

「ここにこうしてかけるんです。こうやって」

なつは、風車の軸《じく》に、器用に縄を巻いた。あまった部分がだらりとさがる。

それを見て、右京は目を見開いた。

まさか、そんな……。

三

「間違いないのだな、右京」

「はい、頭領《とうりょう》。印《しるし》を見間違えるほど、耄碌《もうろく》していませんよ」

右京が力強く応じると、隣に座っていた老人は天を仰《あお》いだ。

利休茶《りきゅうちゃ》の絣に、濃紺の羽織はいつもと変わらぬいでたちだ。白髪《しらが》を濃紺の頭巾《ずきん》ている。鈹《しわ》は以前より目立たなくなっで隠し、首には襟巻《えりま》きをつけている。

頰《ほお》の肉は削《そ》ぎ落ちており、手足も細いが、老いたという印象はない。

むしろ、強い目の輝きが肌に若さを与えている。鈹《しわ》は以前より目立たなくなっているのではないか。

五郎《ごろう》右衛門《えもん》は、かつての右京の上役であり、いまでも江戸中の隠密を束ねる大物だ。

瀬戸物問屋である相模《さがみ》屋の隠居という肩書きで、普段はぶらぶらと過ごしているが、配下の者と綿密に連絡を取り、気になる知らせは上役の若年寄に伝える。

物事の真贋《しんがん》を見抜く目に長《た》けているので、幕閣にも重宝されているらしい。

右京とは付き合いが長いこともあり、裏表なく接していた。しあわせ長屋を紹介してくれたのも、この五郎右衛門だった。

「結縄《けつじょう》とは驚いたな」

「しかも、隠密が使う結び方です。まさか、ふたたび見かけるとは」

ふたりが話をしているのは、蕎麦切り稲荷《いなり》の近くにある屋台だった。

すばらしい味の蕎麦を出すが、三日に一度しか姿を見せず、時間もまちまちだったので、見つけることができれば好運と言われていた。

右京は何度か通って、姿を見せる日時に規則があることを見出し、以来、機会を見つけては、貴重な喉ごしの更科《さらしな》を味わっていた。

五郎右衛門を呼びだしたのは、ここならば余人《よじん》に話を聞かれないとわかってのことである。生温《なまあたた》かい日で、靄《もや》で周囲が煙《けぶ》っているのも好都合だった。

「そうか。まさかねえ」

五郎右衛門は唸《うな》った。

結縄とは、紐《ひも》や縄の結び目を言葉の代わりに使い、仲間に情報を伝える手立てのことだ。結び目の多さや曲げ方が文字や数字を示し、それを縦《たて》方向に並べることで、意味のある文《ふみ》とする。

符丁《ふちょう》としても使えるので、急ぎのときには、ひとつだけ結び目を用意して木や戸口に縄を差しこむ。

もともとは琉球《りゅうきゅう》で使われていたが、余人に知られず秘事を伝えるのに優《すぐ》れているということで、隠密の間で用《もち》いられるようになった。

「知っているということは、その娘、隠密なのか」

「そのあたりはなんとも。ただ、知らぬ者には使えません」

「その結縄は、なにを伝えていた」

「短い文です。ワタシハココ、と」

「相手は誰だ。仲間か」

「わかりません。結縄はそこで止まっていましたから」

「これは厄介なことになったな」

五郎右衛門は、ざるを縁台に置いた。

「そりゃあ、江戸には多くの隠密がいる。俺が知っているだけでも百人はくだらない。町のどこかで、お上のために働いている。ただ、まさか、しあわせ長屋に入りこむとはな。あそこは、ほかとは違うからねえ」

しあわせ長屋は、将軍・徳川家慶《とくがわいえよし》が世子《せいし》だったころに、その肝煎《きもいり》で建てられた。お忍びの鷹狩《たかがり》で体調を崩し、意識をなかばなくした家慶が、近所の名主と医者に助けられたことが、きっかけであった。

のちに家慶が礼をしたいと述べたとき、名主たちはこう答えた。

世の中には、望まずして不幸になり、行き場を失う者がいる。ほんの少しのきっかけで、彼らは立ち直ることができる。そのための場所を作っていただきたい……と。

家慶はその言上《ごんじょう》を受け入れ、ひそかに家臣を通じて家主を動かし、以来、しあわせ長屋は、わけありの者が身を寄せる特別な長屋となった。

家賃が安く済むのも、家慶が内々に援助しているからだ。

そしてもとは隠密であった右京が、差配に選ばれたのも、秘事が露見しないよう守るためでもある。

今年の夏には、ならず者がちょっかいを出し、真相をあぶりだそうとしたが、右京の活躍で事なきを得ている。

「隠密を送りこんできたということは、長屋に上さまがかかわっていると気づいたのか。それで探りにきたのか……」

「お頭は、なにか話を聞いていないのですか」

「ないね。知っていたら、こんなにあわてないさ」

「であれば、違う組が動いていると」

「まあ、そういうことになるな。俺の知らぬ隠密なんて、いくらでもいる」

将軍が長屋を造り、町民と直《じか》にかかわっている……。

じつのところそれは、決して好ましい話ではない。知られれば、家主や家臣だけでなく、将軍家自体にも大きな影響が及ぶ。

いまは水野忠邦が老中から退《しりぞ》き、幕政は混乱状態にある。

　主導権を握るために誰もが必死で、弱味を握るための工作が途切れることなく続いている。しあわせ長屋の件は、たしかに些事《さじ》のように思われるが、利用されれば、どうなるかわかったものではない。

「大事になれば、面倒事を避けるため、すべてを消すべく長屋から店子は追いだされるでしょうね」

「追いだされるだけで済めばよいがな。口封じされる者も出てくるやもしれん」

　しあわせ長屋は、たしかに庶民のためになっているだろうが、その土台はなんとも危《あや》うい均衡《きんこう》の上に成り立っていた。

「まずは、相手の正体を探らねば。どの組が動いているのか」

「心あたりはありますか」

「ない。噂《うわさ》にも聞いたことはない」

「ならば、直に訊《たず》ねるしかありませんか」

「迂闊に動くと、事が大きくなるぜ。おまえさんの正体だって、知られているかもしれないんだから」

「それは、どうでしょう。ほかに隠密がいると思えば、結縄はさらしませんよ」

「違いない。なら、そのあたりは安心か」

「知られる前に、なんとかします。場合によっては無理をしてでも」

右京の言葉に、五郎右衛門は横目で見て反応する。

「……できるのかい。店子を相手に」

「他の店子を守るためなら」

「店子を手にかけて、いままでと同じように暮らせるのか。たとえおぬしが、死神と怖れられていた隠密であっても……」

なつとは話す機会も多かったので、気心は知れていた。

人あたりがよく、頭もよくまわり、長屋の仕事も手伝ってくれる。店子の評判も上々で、文太の女房とは一緒に買い物にいく仲だ。

「ですが、放っておけません。つながりを知られるわけにはいきませんよ」

「わかった。そのあたりはおまえさんにまかせる。あとのことは考えず、好きにやりな」

「ありがとうございます」

右京は勘定を縁台に置いた。

町を包む靄は濃くなる一方で、道行く人の姿すら満足に見てとれない。

冬とは思えない生温かい風を感じながら、右京はしあわせ長屋に向けて、ゆっくりと歩きはじめた。

長屋の路地に入ると、なつが姿を見せた。脇に桶《おけ》を抱えて、井戸に向かう。

周囲は靄に包まれていて、視界は悪い。

少し離れただけで、身体の輪郭がぼやけてしまう。逆に言えば、攻めるには好機であると言えよう。

一瞬のためらいのあと、右京は井戸端《ばた》へと足を向ける。

なつは、あらかじめ置いてあった野菜を桶に入れると、井戸の水を汲《く》んで桶に入れた。二度、同じ作業をしたところで、野菜を洗いはじめる。

右京はなつの背後にまわると、懐《ふところ》から指弾《しだん》を取りだした。

指弾は小さな鉛の塊《かたまり》で、指の力で弾いて敵の急所に叩きこむ。相手が気づく前に打撃を与えることができ、戦いで主導権を取ることができた。

なつが優れた隠密だとしても、背後からの指弾はかわせない。反撃する機会を与えることなく、倒すことができる。

まずは試す。本気でやらずともよい。

右京は、背後にまわりこむと、親指に力を入れる。

靄を切り裂いて、指弾が舞う。

その瞬間、なつが左に跳んだ。

あざやかな動きで鉛の玉をかわすと、振り向きざま、かたわらの布を手に巻きつける。

「えっ」

右京は続けて指弾を放つ。

いずれも身体の中央に向かっていたが、なつが見事に遮った。手にした布を振って、着物に届く前に食い止めていた。

薄い板なら貫《つらぬ》く指弾も、布のようなやわらかい物には弱い。

弱点を知り抜いたうえでの守りだ。

「久之助《ひさのすけ》さん？」

なつの声が響く。

「そこにいるのは、久之助さんですか」

靄で、こちらの顔が見えないのか。

そんなに離れてはいないが……。

なつが歩み寄ってくる気配を感じて、右京は応じた。

「違う。私だ」

「差配さんですか。どうして」

「それは、私が聞きたい。なんだ、いまの動きは」

「あ、いえ、それは……」

「もしかして、お上の隠密なのか」

「いいえ。違います。私は違います」

「なんだ、どういうことだ？」

なつはうつむいた。続く言葉が出てくるまでは、少し時間を要した。

「驚いたよ。まさか、かわされるとは思わなかった」

なつの部屋で向かいあわせに座ると、右京は口を開いた。衝撃はいまだに消えていない。必殺の技が防がれてしまうとは、思いもよらなかった。

なつは白湯を差しだすと、うつむいた。表情はよくわからない。

「知っていたのか。あの技を」

「はい。教えてもらいました」

「いったい、誰に」

「久之助さんです」

「さっきも言っていたが、何者なのだ」

しばらくなつは黙っていたが、右京にうながされると話を切りだした。

「久之助さんは隠密で、私の命の恩人です」

なつは駿河《するが》の出身で、十歳のときに江戸で商家に奉公した。うまくやっていたが、主人が亡くなり、息子の代になると、家運が傾いて、三年も経たないうちに潰《つぶ》れてしまった。

行く先を失ったなつは、職を転々としながらひとりで暮らしていた。

あるとき金に困って、彼女はいかさまの手伝いをすることとなった。裕福な金持ちから妾を囲う金を騙《だま》し取り、山分けするという算段だった。

なつは乗り気はしなかったが、当時、一緒に暮らしていた女がのめりこんでしまい、引きずられるような形でいかさまにかかわった。

「でも、どうしても耐えられなくなって、途中で逃げだしたんです。そうしたら、ならず者に追われて、口封じに斬《き》られそうになって……そこで、久之助さんに助けてもらったんです」

「いつのことだ」

「八年前です。そのあと、一緒に暮らすようになりました」

久之助は薬売りの商《あきな》いをして、生計を立てていた。明国《みんこく》伝来の秘薬という触れこみで、贔屓《ひいき》の客には商家や職人だけでなく、深川や本所の旗本御家人《はたもとごけにん》もいた。とりわけ、三千石の安田家《やすだけ》とは深い付き合いだった。

「それまでも男と暮らしたことはあったんですけれど、すぐに捨てられてしまって、そのときもそうなるんじゃないかなと思っていました。なのに、どういうわけか長く続いて、不思議と久之助さんも気を許してくれて。もしかしたら、このまま夫婦《めおと》になるのかと思いました」

「でも、そうはならなかった」

「はい。久之助さんが江戸を離れることになったからです。役目で」

そのとき、彼ははじめて自分が隠密であることを明かした。

旗本や御家人の屋敷に出入りしていたのは、彼らの行状を調べるためで、なにか事が起きれば、すぐに動いて始末をつけた。

「嫌な仕事もあったみたいです。人を手にかけたこともあると言っていました」

「ちょっと待ってくれ。それは久之助が言ったのか」

「はい」

驚いた。隠密が自分の役目について語るとは、ただごとではない。

よほど、この娘に心を許していたのか。

「最後、別れるときに言いました。俺が戻ってくるまで待っていてくれと。そうしたら、隠密を辞めて、町民として生きていくと。私とふたりだったら、なんでもできると。その言葉に、嘘偽《うそいつわ》りはありませんでした。だから、待つと決めたんです」

隠密の約束を信じるとは……それがよいことなのかどうか。

「久之助さんは、私と同じ駿河の生まれなんです」

彼が三島《みしま》で、なつが沼津《ぬまづ》。場所が近かったこともあり、同じ海を見て、同じ空気の匂《にお》いを感じて育った。

馴染みの飯屋に、なつが家族で通ったこともあり、話はおもしろいほど嚙《か》みあった。

「久之助さんは疲れていました。私も、振りまわされてばかりの生活が、ひどくこたえていました。だから、互いに許しあったのだと思います」

長く隠密を続けていると、己《おのれ》のおこないが虚《むな》しく感じるときが来る。

なんの役に立っているのかすらわからず、役目を目の前にしても、まったくやる気が出ない。下手《へた》をすれば、気を抜いたせいで命を落とすこともありえる。

だから、夢を見た。

女と添い遂《と》げるなどと、隠密にとって無理なことを考えてしまった。

責めるのは容易《たやす》いが、右京にはできなかった。

「それで、ずっと久之助が戻ってくるのを待っているのか」

「はい」

「いったい、何年になる」

「七年です。そのあと、すぐ大黒屋に入りましたから」

「もしかして、若旦那の話を断ったのも」

「久之助さんは帰ってきますから」

右京は吐息《といき》をついた。

――馬鹿なことを。

隠密があらたな役目を命じられれば、戻ってくることは決してない。うまくいったとて、次の役目が与えられ、永遠《とわ》に流浪《るろう》するだけだ。右京のように落ち着くまでは、気の遠くなる月日が必要だった。

そのころには、なつのことは忘れている。いや、たいていの場合、隠密自体の命がなくなっている。

ふたりの思いは、もはや途切れている。交わることは決してないだろう。

右京は言葉を発しようとしたが、なつの強い視線で遮られた。

決意を固めた女の表情だった。普段の穏やかな空気は、消え去っている。

なつは決断をくだしている。もはや、変えることはできまい。

右京は大きく息をついた。

「わかった。なら、好きにするといい」

「すみません。ご迷惑をおかけします」

「ただ、いくつか聞きたいことがあるが、いいか」

「かまいません」

「風車の結縄、あれは久之助から教わったのか」

「そうです。仲間と会うときに使うと。これを出していてくれれば、俺がかならず見つけると言っていました」

「なるほど。あと、もうひとつ。私の指弾をかわした技は、どこで覚えた」

「あれも、久之助さんから教えてもらいました。気配のとらえ方と一緒に。久之助さんも、仲間から教えてもらったと言っていました」

「まさか素人《しろうと》にかわされるとはな。私も年をとったものだ」

「あの、差配さんはいったい……」

「いまは言えぬ。いろいろとわけありなのさ」

突っこまないでほしいとの右京の言葉に、なつは同意した。

「あたしは、久之助さんさえ待つことができれば、それでいいですから」

なつの言葉が重く響く。右京には、なにも言えなかった。


それからしばらくの間は、穏やかな生活が続いた。

右京は差配の仕事を淡々と執《と》りおこない、なつは飯屋を手伝って、日銭を稼いだ。

戸口には風車が飾られ、同じ結縄がぶらさがっている。雨の日でも風の日でも、なつは風車を出し続けた。

このまま穏やかな日々が続くと思われたところで、事件が起きた。

四

「知らないと言われてもね。勘定が合わないのはたしかなんだよ。何度やっても合わなかった」

秋治郎のきつい口調に、なつはうつむいた。膝の上で手を握る。

「百両だよ、百両。それだけの大金が、どこに行ったのかわからなくなった。調べてみたら、三年前の商いで持ちだされていることがわかった。正しく言えば、出したのはいいが、本来だったら戻ってくるはずの金が返ってこなかった。そういうことだよ」

「ちょっと待ってください。もう少しわかるように、話をしてくれませんか」

秋治郎がなおも話を続けようとするところを、右京は押しとどめた。

「いきなり来て、百両だなんだと言われても困ります」

「うちのことに口を出さないでほしいね。あなたはかかわりがないだろう」

「いいえ、なつは、うちの店子。店子といえば、子も同然。一方的にまくし立てられて、なつがかわいそうでしょう」

右京は引かなかった。無礼は許さない。

　今朝早く秋治郎は長屋を訪れると、いきなりなつの部屋に押しかけ、怒鳴り声をあげて連れだそうとした。

無茶な振る舞いに右京が割って入ると、一緒に連れてきた手代が力尽くで取り押さえようとした。

腹が立った右京は、指弾で手代を黙らせると、秋治郎に事情を説明するように求めた。騒ぎ立てるのであれば、番屋に話を持っていくと脅《おど》しをかけると、しぶしぶ折れて、話しあいに応じた。

もっとも、おとなしかったのは最初だけで、すぐに声を荒らげて、自分の言いたいことを語るだけになったが……。

右京に求められて、秋治郎は顔をしかめていたが、それでも襟を正すと、話を切りだした。

「店のお金がなくなっていることがわかったんですよ。百両の大金で、どうにも辻褄《つじつま》が合わないということで、若旦那が調べていたんですが、昨日になってなくなったことがわかったんです。うまくごまかしてあったから、気づかなかった。なんとも腹立たしいかぎりです」

「で、それとうちのなつが、どうかかわるのか」

「商いがあったのは、ちょうど三年前。なつがいなくなった頃合いなんですよ」

秋治郎は、なつを睨《にら》みつける。

「なつは女中頭で、裏方のまとめ役だった。若旦那に相談されて、給金のことも知っていて、お金を動かせる立場にあった。気づかれずに百両、持ちださせるとしたら、この娘しかいないんですよ」

「知りません」

なつは強い口調で言った
「あたし、やっていません」

「申し開きがあるのならば、店で聞こう。さあ、おいで」

秋治郎が手を伸ばすのを見て、右京はさりげなく指弾を放った。

「いたっ」

「よしな。確たる証《あか》しもないのに盗人《ぬすっと》扱いとは、ひどくねえか」

今度は、右京が秋治郎を睨みつけた。

「そもそも、本当に盗みがあったのは三年前だったのか。実際に盗られたのは一年前かもしれないし、二年前かもしれない。わからないことばかりなのに、なつだと決めつけるやり方は、さすがに腹立たしい」

「なにも知らないくせに勝手なことを」

「ああ、そうさ。あんたの店のことなんか、まるでわからない。でもね、私はこの子ことなら、よく知っているのさ」

右京はなつを見て、力強く言いきった。

「この娘は盗みなんかしない。心の優しい働き者だ。どうしても連れていきたいのなら、主人が来て、頭をさげるんだな。あんたみたいな下っ端《したっぱ》に、勝手放題させるわけにはいかないね」

「よくも、大黒屋の番頭に向かって……」

「大黒屋も地に落ちたものだ。あんたみたいな輩《やから》が、大きな顔をしているのだからな。ほら、さっさと帰れ」

右京は顎《あご》をしゃくって、戸を示す。

秋治郎は顔を真っ赤にして立ちあがると、荒々しく戸を開けて出ていった。

途端に部屋の空気がゆるんで、なつが小さく息を吐く。

「すみません。ご迷惑をおかけして」

「いいさ。店子を守るのは、差配の務めだ。やってもいない盗みをなすりつけられてはたまらないからねえ」

「でも、どうして、こんなことに。旦那さまも若旦那も、とりわけお金には厳しかったのに」

「そういうことなら、わかりやすいんじゃないか。どれ、面倒なことになる前に手を打っておくか」


翌日から、右京は雑事を銀角にまかせて、大黒屋について調べはじめた。

店や家族、店の者の評判だけでなく、商いの相手や商品をおさめにくる職人まで細かく聞いてまわった。

五郎右衛門の伝手《つて》を使って、武家屋敷にも足を運んだ。

まとめると、大黒屋は親の代で基盤《きばん》を築き、その上に乗っていまの主人が武家と商いをおこなうようになり、江戸屈指の塗物問屋へと成長した。昔は強引な取引も目立ったが、ゆとりができてからは無理をせず、お上に目をつけられないように気を配りながら堅実な商いをおこなっている。

店の評判はよく、主人も若旦那もよくやっているという話だった。

大枠をつかんだところで、右京は狙《ねら》いを絞って調べを進めた。結果が出るまで、さして時はかからなかった。

その日、右京が茶屋で一服していると、大黒屋から秋治郎が出てきた。丁稚に何事か声をかけてから、ゆるゆると北へ向かう。

右京は、静かにそのあとをつける。

大黒屋はしっかりしており、主人も若旦那も評判がよい。いくら調べても、問題は出てこなかった。

となると、誰が怪しいのか、自然とわかる。

秋治郎は、霊光院《れいこういん》の脇を抜けると、武家屋敷の合間を抜けて小名木川《おなぎがわ》の方角へと足を向けた。

見知った顔に気づいたのは、深川大工町に達したときだった。

地味な縞《しま》を身にまとった女が、秋治郎をつけていた。ちょうど右京との中間におり、秋治郎と同じ速さで歩いていた。

なかなかの動きで、気づかれないようにうまく距離をとっている。

悪くはないが、無理して見つかっては、のちのち困る。

気配を消して右京は女に近づくと、後ろから声をかけた。

「おまえさんも気になっていたのか」

ぱっと振り向いたのは、なつだった。目を見開いていたが、相手が右京だと知ると、小さく息をついた。

「驚いたようだね」

「気づかれたかと思いました。まさか差配さんとは」

「向こうが警戒して、人を置いていたと思ったか」

「はい」

「それはないね。あの男、それほど頭はよくない。百両のことがばれた途端、長屋に乗りこんで怒鳴り散らすぐらいだからな。いまは、どうやって追及をかわすか、それだけを考えているはずさ」

「では、やはり盗んだのは……」

「あいつだろうな。そう思ったから、おまえさんもあとをつけたのだろう」

なつはうなずいた。

「秋治郎さんは商いがうまくて、下の者の面倒もきちんと見ていたんですけれど、女の人に目がなかったんです。飲み屋の女将や芸者だけでなく、店の者にもちょっかいを出す始末で、揉め事を起こしたこともありました。そのことに旦那さまは気づいていて、何度か諫《いさ》めたようです。いまだに暖簾《のれん》分けを許されないのも、そんなわけでして」

「なるほどね」

「あたしが出ていったときには、仲町の芸子に入れこんでいました」

「では百両は、そのあたりと絡んでいるのかもな。熱をあげるのはけっこうだが、人の金に手をつけるのはよくないね」

右京となつが並んであとをつけると、秋治郎は川沿いの飯屋に入った。

渡真利《とまり》という店で、土橋の平清で修業したという職人が営《いとな》んでいた。一階は職人や人夫《にんぷ》を相手に握り飯を出し、二階では手のこんだ料理を出す。

「外で待とうか。そのうち待ち人が来るだろう」

右京はなつを連れて、向かいの甘味処《かんみどころ》に入った。おしるこを頼むと、横目で店の様子を確かめる。

話を切りだしたのは、品物が運ばれてきてからである。

「聞きたいことがあるんだが、いいか」

「なんでしょう」

「いつまで、久之助を待っているつもりだ。いくらなんでも、ずっとこのままというわけにもいくまい」

なつは答えなかった。

「おまえさんほどの器量なら、どこでもやっていける。乞われたのは、大黒屋の若旦那だけじゃないはずだ。なのに、いまだに、いなくなった隠密に操《みさお》を立てている。それが、いいこととは思えないね」

「あの人は、もう帰ってこない……と」

「私はよく知っているんだよ」

隠密の末路は憐《あわ》れだ。

すり切れるまで使われて、最後は塵芥《ちりあくた》のように捨てられる。

正体が露見しても、お上はかばってくれない。知らぬ存ぜぬで通して、見殺しにされる。仲間が近くにいても、助けることすら許されない。

右京も何度となく、苦い思いをしてきた。

はるか昔、思わぬ手違いから仲間の正体が露見し、捕縛《ほばく》されたときのことは忘れられない。あのときは、本当になにもできなかった。

「便りがないところを見ると、久之助はもう死んでいるのだと思う」

右京は先を続ける。

「討ち取られたのか、それとも野垂れ死んだのか、そのあたりはわからぬが、どちらにしろ、江戸に戻ってくることはあるまい。あんたが思いを寄せていても、もう意味はないのかもしれない」

「なら、新しい生き方を探せということですか」

「そういうことだな。あんたなら、それができる」

なつは答えずにうつむく。

彼方から、人足《にんそく》の声がする。

舟で荷物が届いたらしく、声をあわせて河岸にあげているようだ。威勢のよい声に、道行く者たちも足を止める。

前掛けをした手代が路地から出てきて、左右を見まわす。手に帳面を持っているところを見ると、売り掛けの確認でもしているのか。顔は渋い。

十一月もなかばを過ぎ、冬の寒さはいちだんと厳しさを増している。町に初雪がちらつくまで、さして時はかかるまい。

頭巾の女が渡真利の前を通りすぎたところで、なつは口を開いた。

「あたしは、あの人を待ちます。生きていようが、死んでいようが」

「…………」

「おおげさに聞こえるかもしれませんが、あの人がいたから、あたしはこうして生きていられるんです。助けてもらったとき、自棄《やけ》になっていて、庖丁《ほうちょう》で胸を突き刺そうとしてました。それからも、やることなすことうまくいかなくて、もう死んでしまったほうがいいと、何度も言いました」

奉公先が潰れて、ひとりで暮らすようになってからは、つらいことばかりだった。

仕事も長続きせず、うまくいったと思ったら店の者に口説かれ、騒動を起こした。給金を払ってもらえず、適当な言いわけで店を追われた。

あげくの果てに、盗人の手伝いをして、危うく罪を犯すところだった。

「そんなあたしを、久之助さんは救ってくれたんです。まだ間に合うから自棄になってはいけないって言ってくれて。ずっと、あたしに寄り添ってくれました。隠密の役目もせず、駄目なあたしにくっついて、三日も四日も」

「………」

「あたしは、あのとき、はじめて人の温かさを知りました。人に身をゆだね、言葉を信じることがこんなにも幸せだということを、教えてもらったんです」

なつは正面から右京を見つめた。

「そんなあの人が、あたしに待っていてくれって言ったんです。あたしがなにを言っても拒み続けていたのに、あのときだけ、自分の望みを言ってくれました。だから、私は待つと言いました。それだけです」

右京は、思いの深さに驚いた。

なつは本気で久之助に思いを寄せていて、己のすべてを捧《ささ》げるつもりでいる。深く考え、覚悟を決めたうえで、待つと心に定めている。

これは、なにがあっても動かせないだろう。

「そうか。気持ちはよくわかった。よけいな世話をしたようだね」

「そんな。気にかけてもらっているのに、変なことを言ってしまって。情の強い女ですみません」

「おやおや、自分で言うかね」

「久之助さんにも言われたんです。おまえには頑固《がんこ》なところがある。面倒でしかたないが、そこがいいって」

「こんなところで、のろけか。あてつけないでほしいな」

右京が視線を逸《そ》らすと、渡真利の店先にたたずむ女の姿が見てとれた。

細身で、縮緬《ちりめん》の縞に紺の博多織《はかたおり》の帯をしている。髪は丸髷で、茶色の簪《かんざし》という、よくある婦人の格好である。

しかし、ゆるやかな頬の曲線と、細い瞳、小さな口は目を惹《ひ》く。ほかの年増《としま》にはない色気を漂わせている。

記憶のなかにある姿とそれが重なったとき、右京は腰を浮かせた。

まさか、そんな。

「美里《みさと》なのか……」

そこで、なつの声がしなければ、店を飛びだしていたかもしれない。

「差配さん、あれ」

店に視線を戻すと、背の高い男が出てきたところだった。ふたりで、いずれも茶の絣だ。髪は惣髪《そうはつ》で、懐に手を入れて、左右を見まわしている。

目つきの鋭さからして素人ではなく、大通りを行く町民も、奇異の目を向けていた。

しばらくすると、秋治郎も奥から姿を見せた。

三人は連れだって川沿いを歩いていく。町から離れる道筋だ。

右京は先刻の女を探したが、すでに店の前にはおらず、どこに行ったのかもはっきりしなかった。

気にはなるが、ここは秋治郎が大事だった。

「行こう」

ふたりは並んで甘味処を出た。冬の冷たい風が吹きつけてきたが、気にすることなく、あとをつけていく。

五

人の気配を感じたところで、右京は合図を出した。予定どおりだ。

いくらか表情は強張《こわば》っていたが、なつは打ちあわせどおりに、大木をまわりこんで、相手の正面に出た。

「お待ちしていましたよ、番頭さん」

「なつか。こんなところに呼びだすなんて、どういうつもりだい」

「書付に記したとおりですよ。例の百両の件で話をしたいことがありまして」

秋治郎は顔をしかめる。

彼らが顔を合わせているのは、深川三十三間堂にほど近い町屋だった。

かつては盛り場として有名だったが、洲崎の岡場所と同様に、水野忠邦の改革で、すっかり寂《さび》れてしまった。あらたな町民も入ってきたが、その数は少なく、いまだにひとけのない長屋がある。

「ただ、約束が違いますね。ふたりだけということでしたが、手代さんをふたりも連れているとは。しかも、私の知らない顔で」

「このふたりは口が堅い。気にせずに話をしろ」

「いいんですかね。ならず者の女に手を出して、三年前から強請《ゆす》られていることがばれてしまいますが」

「貴様、よくも……」

「馬鹿なことをしたものですねえ。番頭さん」

なつは、蔑《さげす》むような口調で語りかける。もちろん演技であり、秋治郎を挑発するためだ。

「女好きはけっこうですが、やりすぎはどうかと思いますよ。いい女であることはわかりますが、やくざ者の女に手を出したのは迂闊でしたね。というか、狙われているとわからなかったんですか。端《はな》から、番頭さんを女好きと知って、罠《わな》にかけたんですよ」

あの日、右京となつは秋治郎のあとをつけ、彼がやくざ者のねぐらに足を踏み入れるのを見届けた。そのやくざ者は深川大和町《やまとちょう》のあたりを縄張りとしており、かつて右京を悩ませた狐組《きつねぐみ》の下っ端であった。

彼らは狐組が潰れたあとも深川に残り、仲町の縄張りをめぐって争っていた。

「よっぽど搾《しぼ》り取られたようで。かわいそうですが、哀れみはしませんよ。さんざん女を泣かせてきた罰ですから」

「なつ、おまえ」

「孕《はら》まされた女がいたことも、お忘れなく」

「う、うるさい」

「それでも、あなたが強請られているだけならば、よかったんですけれどね。店に迷惑をかけるのは、どうかと思いますよ。若旦那が娶《めと》った女、そのやくざ者の親戚《しんせき》でしょう。うまく隠してはいますけどね」

秋治郎は目を見開いた。

衝撃が大きいのか、口が動くだけで言葉が出ない。

まさか、知られているとは思わなかったか。

右京は、秋治郎とやくざ者の関係を知ると、大黒屋の内情を調べ直した。

すると、若旦那の女房は同じ塗物問屋の娘であったが、じつのところ養女で、本当の父親は、塩浜町《しおはまちょう》の先で賭場《とば》を開く胴元《どうもと》だとわかった。塗物問屋は博打《ばくち》で大きな借金を背負っており、胴元の言いなりになっていた。

娘を養女としたのは、うまく利用して店の乗っ取りを考えていたからだ。

やくざ者は番頭の秋治郎を籠絡《ろうらく》すると、巧みに店に手下を送りこんで仲間を増やし、そのうえで娘を嫁として迎えるよう、段取りを整えていた。

当初、主人は結婚に反対していたが、相手の家がしっかりしていたのと、早く嫁を取らせて店の枠組みをしっかり整えたいという思いから受け入れた。

嫁入りが終わり、ようやく彼らが店の乗っ取りにかかったとき、百両の件が表沙汰《おもてざた》になった。

秋治郎の件が表沙汰になると、目論見《もくろみ》が崩れかねない。焦《あせ》った秋治郎たちは、なつを巻きこんで、無理に決着をはかろうとした。

筋書きは単純だが、うまくいけば秋治郎はいっさい傷つかない。逆に、店を守った善人と評され、乗っ取り計画が表に出ることもない。

「うまくいったと思っただろうけれど、そうはいきませんよ。腹をくってもらいましょうか」

「なにが欲しい。金か」

「そんなものはいりません」

「だったら」

「嘘偽りなく、すべてを語ってください。それで十分です」

「な、なんだと」

「じつは旦那さまには、私から話をしています。三日前に」

「な、なんだって」

「あとは番頭さんが事の次第を話してくだされば、始末がつきます。早々にお店を出ていくのがよいかと」

「ふざけるな」

秋治郎は声を張りあげ、なつに飛びかかってきた。

すぐさま右京が動いて、細千を放つ。

足に絡んで、たちまち秋治郎は転ぶ。

後ろに控えていた手代が動くものの、ひとりは指弾によって額を弾かれ、もうひとりはなつが取りだした布に顔を覆《おお》われて、あおむけに倒れた。

「やるね」

「これが、あの人とのつながりですから」

右京はうなずくと、かがみこんで秋治郎を見おろした。

「困ったら女を襲うなんて、外道《げどう》にもほどがあるね。きっちり締めあげてやるから、覚悟するんだな」

秋治郎はうなだれた。心が折れたのだろう。抗《あらが》う気はないはずだ。

右京は、立ちあがって腰を伸ばした。これで、ひと息つけそうだ。

六

井戸端を離れたところで、右京はちょうど路地に入ってきたなつの姿を見かけた。襷《たすき》をたたんで、手で持つ。

「落ち着いたかい」

「はい。もう八つですからね。しばらくは客足も止まるかと」

なつはいつものように、うめの飯屋で働きに出ていた。

大黒屋の件では大奮闘だったが、その気配はいっさい感じさせない。

あの日、秋治郎を取り押さえると、彼のあやまちをすべて語らせた。

驚いたことに、彼がごまかしていた金は三百両を超えていて、そのうちの半分が今年に入ってからであった。武家崩れの女をやくざ者に紹介されて、すっかり入れこんでしまったようで、貢《みつ》ぎ物を連日のように贈っていた。

若旦那の女房もすでに店の金に手をつけており、そのうちの半分は、実の父親にまわっていた。

若旦那が店を継いだら、子分を手代としてまわしてもらい、実質的に女房と番頭で店を取り仕切る予定だったのだろう。

真相を知って、主人は激怒し、すぐさま秋治郎とその仲間をお払い箱にして、やくざ者に関しては、内々に町方と話をまとめ、表沙汰にならぬようにおさめ嫁も実家に叩き返した。

その後、若旦那となつは何事か話をしたようであるが、その内容については右京の知るところではなかった。

なつは戸を開く前に、風車の角度を直した。

「まだやっているんだね」

「もちろんです。あの人との絆《きずな》ですから」

「つながっているといいね」

「私もそう思います。ただ、切れていたとしても、私は……」

なつの言葉が、そこで途切れた。手にした襷が地面に落ちる。

丸い瞳は、路地の先を見つめている。

右京が顔を向けると、そこには、顔の汚れた男が立っていた。着物も泥にまみれて真っ黒で、肩や袖口《そでぐち》には切れた跡があった。

頬の肉は落ち、目だけが大きく浮きあがっている。

手足は細く、胸も薄かったが、瞳には力強さがあった。

「なつ……」

男のつぶやきに、なつが反応する。

「久之助さん」

「帰ってきたよ。すまない。待たせてしまって」

「そんなことありません。そんなこと……」

「もしかしたら、忘れてしまったかと思った。長く経ちすぎていたから、知らないところで幸せになっているかと。でも、信じて探していた。そうしたら、風車を見かけて。まさか深川に引っ越しているとは」

「教えてもらったとおりです。忘れるはずがない」

　なつは駆け寄り、久之助に抱きついた。

「会いたかった。会いたかったです」

「ああ、俺もだ」

「もう離しません。ずっと、ずっと一緒です」

「もちろんだ。一緒に暮らしていこう」

　男もなつを抱きしめる。

　これが、なつの待ち望んでいた男か。七年前の約束を忘れず、己を貫き、ちゃんと戻ってきた。

　右京はうつむき、思わず目頭《めがしら》を押さえる。

　その視界の片隅《かたすみ》で、長い時を待ち続けた男と女は静かに抱きあい、お互いのぬくもりを確かめあっていた。

第三話　後　悔

一

その女が長屋に現れたのは、間もなく日も暮れようという時間帯だった。

朱色《しゆいろ》の光が屋根を染めあげ、長く伸びた影が路地を覆《おお》い尽くしたところで、さながら幽霊のような足取りで姿を見せた。

女は地味な茶の格子を身につけ、島田《しまだ》に髪を結っていた。

身体が細く、頰《ほお》の肉も落ちていることから、貧相な印象があった。振る舞いも鈍く、歩く姿には力強さが感じられない。

ひどいのは目の輝きであり、濁《にご》っていて精気がなかった。焦点《しょうてん》もぼやけているようで、清潔でなければ、物もらいと見間違うほどだ。

ためらいつつも、右京は女に歩み寄った。

「たきさん、かい」

「はい」

女の声は小さく、空気に吸いこまれそうだった。

「私はしあわせ長屋の差配で、右京と言う。よろしく頼む」

「こちらこそ、よろしくお願いします」

「おまえさんの家は、右の奥だ。もう荷物は来ている。といっても、布団と鍋《なべ》と着替えぐらいだが」

「はい」

「長屋の連中への紹介は、明日でいいか」

「はい」

「ほかになにか訊《き》いておきたいことは」

「なにもありません」

「わかった。ならば、ゆっくり休むがいい」

右京の言葉に、たきは一礼して自分の部屋に入っていった。歩みは緩慢《かんまん》で、さながら老人のようだ。

彼が先行きに不安を感じたところで、うめが話しかけてきた。

「いいんですか。あんな人を入れてしまって。噂《うわさ》は聞いていますよね」

「もちろん。だからといって、拒《こば》むことなどできない」

右京は、たきが閉ざした戸を見つめる。

「壁《かべ》の修繕が終わって、ひと部屋使えるようになったからな。しかも、なつさんが出ていって、店賃《たなちん》が減ってしまっている」

「そうは言っても、あの……伊勢屋《いせや》の女房ですよ」

「うめ、やめるんだ」

「亭主《ていしゅ》を見殺しにしたって噂があるんですよ」

うめは止まらなかった。

「あの様子じゃ、また騒ぎを起こしますよ。そのときは、どうするんですか」

「めったなことは言うな。亭主のことだって、真偽《しんぎ》はわからない」

「間違いないですよ。知りあいもそう言っていましたから」

うめが陰口《かげぐち》を叩くのは珍しい。それだけ気にかかるということか。

いまでこそ貧相ないでたちであるが、たきは、かつて糸問屋・伊勢屋半兵衛《はんべえ》の女房として立派ななりをして、主人と一緒に店を切りまわしていた。

伊勢屋は横山町《よこやまちょう》の大店《おおだな》だったが、武家相手の商売でしくじり、売上がにわかに落ちこんだ。仕入れ先から付き合いを断られ、なんとか立て直そうとしたが、うまくいかず、無理に安値で商《あきな》いを進めようとした結果、武州深谷《ぶしゅうふかや》で諍《いさか》いを起こして、お上《かみ》からも睨《にら》まれてしまった。

半兵衛はみずから深谷に赴《おもむ》いて、よい糸をまわしてくれるよう手を尽くしたが、天候の悪化で仕入れた糸が駄目になり、莫大《ばくだい》な借金を背負った。どうにもやりくりができず、最期《さいご》に半兵衛は首をくくった。

三年前のことだ。

主《あるじ》を失って伊勢屋は潰《つぶ》れ、家族や店の者はちりぢりになった。

たきには、半兵衛が自死した直後から、悪い噂がついてまわっていた。首をくくる前日、たきと半兵衛は言い争いをしていた。最期の瞬間、たきは見ていたのに、わざと自死を止めなかった。そのうえ亡骸《なきがら》を朝まで放っておいて、自分は寝ていた……いずれも、そういう類《たぐい》の噂だ。

それもあって、ひとり暮らしをしていたが、よい仕事は見つからず、男に交じって力仕事をしたこともあったらしい。

「いまは通いで、寺の下女をしているらしい。かわいそうだから、よけいなことは言うんじゃない」

「そうは言いましても、見てくださいよ、あの暗い顔。かかわりがなければ、あんな顔はしませんよ」

「気に病《や》んでいるだけだろう。あれだけ責められれば、誰だっておかしくなるさ。せめて、ここにいる間は、静かに見守ってやろう」

「また誰か死ぬことにならないといいんですけどね」

うめにしては辛辣《しんらつ》だ。

右京は再度、たしなめると、受け入れの手続きを進めるため番屋に向かった。日が暮れる前に、片付けることはいくらでもあった。

二

翌日から、右京は日々の暮らしを営《いとな》みつつ、たきの生活に注意を向けた。

たきは朝早く起きて、長屋の稲荷《いなり》に手を合わせると、仕事場である浄心寺《じょうしんじ》に出向く。そこで煮《に》炊《た》きをおこない、道の掃除をする。境内《けいだい》の片付けも仕事のひとつで、大きな籠《かご》を背負って、広い境内を歩きまわっていた。

昼には長屋で食事をし、午後になると寺の裏で片付けや夕食の準備をおこない、日が暮れる頃合いに帰宅する。

一度、長屋に戻ってくると、顔を出すことはほとんどない。灯《あか》りはあるが、眠っているのではないかと思うぐらい静かだ。

それを毎日、繰り返す。

長屋の者とはほとんど話をせず、会っても頭をさげるぐらいだ。

一度、さよが声をかけて、困っていることはないか聞きだそうとしたが、生返事をしただけで終わってしまった。

たきがそのような態度であるから、長屋の者も遠巻きにして近づかない。

おかげで噂だけが先走って、むしろ最初のころより、たきは孤立していた。

さすがに右京も気になっていたが、声をかけるまでには、それから五日を要してしまった。

「どうだ、長屋には慣れたか」

その日のたきは、珍しく仕事がなかったようで、朝早くから井戸端《ばた》で洗濯をしていた。手がかじかんでいるのに、作業に没頭《ぼっとう》している。

たきは右京が声をかけると、ゆっくりと顔をあげた。小さな声で応じるまでには、少し時間がかかった。

「おかげさまで」

「長屋の連中はよくしてくれるか」

「はい」

「ただ、見たところ、あまり話はしていないように見える。もう少し、自分のほうからも声をかけてみたら、どうかね」

「いえ、困っていませんから」

「うちは気立てのよい者ばかりさ。うめは口うるさいが、いい奴だ。腹を割って話せば、ちゃんと聞いてくれる。さよは、見た目どおりの素直な子だ。しあわせ長屋では古株だからね。なにかあれば、すぐに助けてくれるよ」

「……さよさんのお母さんは、身体の具合がよくないんですよね」

「ああ、寒くなってから、いちだんと悪くなったようだ。医者に診《み》せてもいるが、あまりよくならない」

ここのところは寝たきりで、食事もとらないようだ。右京もたびたび様子を見にいっているが、ひどく痩《や》せているのが気になっていた。

「せめて起きることができればな」

たきはうつむいていたが、やがて顔をあげると、右京を見た。

「でしたら、島田町《しまだちょう》の先に、いいお医者さまがいます」

「え？」

「去年はじめたばかりで、名は知られていませんが、腕はよくて、お金がない人でもきちんと見てくれます。長崎《ながさき》に修行に行っていたという話も聞きますので、よかったら」

「それはいいねえ。助かるよ」

「いえ、たいしたことでは」

たきは目を逸《そ》らす。表情はあいかわらず暗い。

「そうだ。おまえさんが直《じか》に、さよに言ってあげなよ。そうすれば、向こうも喜ぶし、話のきっかけにもなる」

「い、いいえ。駄目です。そんなことをしては、あの娘がいじめられます。あんなに気立てがいいのに、かわいそうです」

「いじめる？　いったい、誰が」

たきは身体を縮《ちぢ》こまらせて、うつむいた。それだけで、なにを気にしているのかが察しられた。

当のことなんです」

「差配さんもご存じでしょう。主人を見殺しにしたという話。あれは、すべて本当のことなんです」

「…………」

「主人が首をくくった前日、私どもは激しい言い争いをしました。夫は知りあいの金貸しに頼んで、当座のお金を貸してもらい、商いを広げると言いました。いまを乗りきれば、なんとかなると。あたしは、反対したんです。むしろ店を小さくして、信用できる人たちだけを相手にやっていくべきだと。戻るならば、いまのうちと思って、本当に言いたいことを言いました」

たきは、布で手を拭《ふ》いた。指先は、あかぎれがひどい。

「あの人は怒ってしまい、その日、私どもは別の部屋で寝ることになりました。物音が聞こえたのは夜中のことで、なにかを引きずっているような感じでした。気になったのですが、そのまま寝てしまいました。朝、いつまで経っても起きてこないので、様子を見にいったら、あの人が梁《はり》にぶらさがっていて……」

「やめろ。言わなくていい」

右京が強く言うと、たきはうつむいた。

「すみません。こんな辛気《しんき》くさい話、聞きたくないですよね」

「そういうことじゃない。つらい話はしなくてもいい、ということだ」

「でも、あたしがあの人を見捨てたのは、たしかですから」

たきは大きく息を吐いて、顔を押さえた。

「あのとき、様子を見にいっていたら……いえ、その前に言い争うことをせず、意見を受け入れていたら、あんなことにはならなかったんです。ちゃんとあたしが支えていれば、今頃は店を建て直して、笑って暮らしていけたかもしれないのに。ほんのちょっと、自分をおさえられなかったばかりに、あんなことになってしまって。あたしは、どうしようもない女です」

たきの声は悲痛で、聞いているだけで胸が苦しくなる。

自分が夫を見捨てたと信じていて、なにもできなかった自分を責めている。悔恨《かいこん》の念を消すことができず、ただただ自分で自分を罰していた。

だがそれは間違いで、夫の死に彼女が責任を負う必要はない。

死を選んだのは半兵衛であり、たとえ言い争わずとも、おそらく首をくっていただろう。

生きる意欲を失っていたら、誰がなにをしても、止めることはできないのだ。

そんな人間を、右京はこれまでに何人も見てきていた。

だがそう言ったところで、たきの心には響くまい。

「それでは、あたしはこれで……」

たきは、洗濯物を抱えて立ちあがった。部屋に戻ろうとしたところで、別の部屋から人が出てくる。

蠟燭《ろうそく》職人の竹蔵《たけぞう》とその妻のとよで、右京とたきを見ると頭をさげた。

竹蔵は腕のいい職人で、名のある蠟燭問屋に品物をおさめていたが、あるとき、不始末から小火《ぼや》を引き起こしてしまった。

幸い大事には至らず、罰は軽くて済んだが、下手《へた》すれば大火事になったということで、町の者からは批難《ひなん》され、一時は江戸から離れていた。

仕事も失い、苦労したが、以前から世話になっていた親方に口をきいてもらって、稼業を再開することができた。

とよも糸繰《いとく》り女として働いて、竹蔵を支えている。苦しいときでも夫に寄り添う、心持ちのしっかりした女房だった。

「やあ、ふたりとも。おはよう」

右京は声をかけた。店子《たなこ》と話をするのは、差配の本能だ。

「ずいぶんと遅いお出ましだが、どうしたのだ」

「い、いいいえ、たいしたことでは」

「顔色がよくないように見えるが、なにかあったのかい」

「い、いえ。そんなことは。いつもと同じですよ」

竹蔵が応じる。

「そうか。だったらいいんだが。これから仕事か」

「はい。親方から呼ばれていまして」

「早くからご苦労さん。では、行っておいで」

「あの。すみません」

たきが、いきなり会話に割って入った。ふたりを見て、ぱっと頭をさげる。

「私、ここに入ったばかりのたきと申します。これまで、ろくに挨拶《あいさつ》もせずにすみませんでした」

「い、いいえ。こちらこそ。忙しくて、おかまいもせず」

「不慣れなので、いろいろと教えてほしいことがあります。なにかあったら、声をかけてよろしいですか」

「も、もちろんです。なんなりと聞いてください」

「よろしくお願いします」

たきが頭をさげると、ふたりも同じようにして表通りに向かった。

右京は驚いた。彼女が他人に関心を見せるとは。

「珍しいね。なにかあったのか」

「いえ、なにも」

応じるたきの表情は渋かった。視線はふたりの背中に向けられたままで、そこにはいままでにない強い光がこもっていた。

三

それから寒さに凍えながら、右京は師走《しわす》の日々を過ごした。

十二月十四、十五日は富岡八幡宮《とみおかはちまんぐう》で、年の市《いち》がおこなわれ、これが終わると、深川は本当の意味での年末に突入する。

手代は掛け金を回収するため町中を走りまわり、職人は年頭におさめる品物を仕上げるため、手足をせわしなく動かす。町の隠居ですら、その騒ぎにあてられて、普段は顔を合わせない友人に声をかけたりする。

ただでさえ町は活況を呈するのに、今年は、それに大きな事件が加わって、いつもとは違う激しい熱気が逆巻いている。

事件というのは、吉原の大火のことだ。

十二月五日、吉原は、廓《くるわ》から出た火で完膚《かんぷ》無《な》きまでに焼き払われた。残ったのは大門だけという凄惨《せいさん》な状況で、多くの遊女《ゆうじょ》が犠牲《ぎせい》となり、生き残った者も住むところを失った。

ここで、問題になるのが仮宅である。

吉原が再建されるまでの間、遊女たちは江戸の各地に仮宅を用意して暮らし、吉原と同じように商売をする。

それは、昔からの決まり事で、お上も認めている。

今回の大火では、多くの遊女が深川に居をかまえ、すでに商いの準備をしていた。うまくいけば、年明けには仮開きにこぎ着けるという。

これは、吉報《きっぽう》だ。岡場所が取り払われて以来、深川の町はひどく沈滞《ちんたい》していたが、遊女が派手に商いをはじめてくれれば、大きく変わる。

大店の主はこぞって姿を見せるだろうし、庶民でも物珍しで永代橋《えいたいばし》を渡る。それをあてこんで、屋台や芸人も押し寄せ、大通りは一気に華やぐ。

今日の寄合でも、その話が出た。差配たちは、風紀の乱れに気をつけようと言いつつ、どこが盛んになって、どこに遊びにいくべきかと話しあっていた。

仮宅をあてこんで、新しい蕎麦屋《そばや》ができるという話も出ていて、ひさびさに右京は浮かれた気持ちで、長屋に戻ってきた。

それだけに、怒鳴り声が聞こえてきたときには、不快な気分になった。

「まったく、よくもそうやって生きていられるね。恥ずかしいとは思わないのかい」

たきの部屋からだ。凄《すさ》まじい声で、外まで聞こえてくる。

「あんたがしっかりしていれば、うちの子は死なずに済んだんだ。商いが傾いたときにだって、あんたが挨拶に出向いて頭をさげていれば、どうということはなかったのに、店にこもってなにもしないでいたんて。最低だよ、まったく」

「そもそも、お兄さまは、商いをしくじっていなかった」

別の怒鳴り声が轟《とどろ》く。いくぶん声は若い。

「お武家さま相手だから気をつけていたのに、あんたがつまらない間違いをするから、つけこまれたのよ。まったく馬鹿なんだから。まともな女房をとっていれば、いまでも店はちゃんとやっていたはずだし、あたしたちが日々の生活に追われることもなかったの。こんな貧乏たらしい生活、たまらない」

「だから、こうして……」

たきの声は、太い声に掻《か》き消された。

「面倒を見るのは、あたりまえでしょ。さあ、寄越しなさいよ」

しばらく声は途切れたが、長くは続かず、すぐにたきを責める声がまた響きはじめた。それは、およそ半刻《はんとき》にわたって続いた。

「じゃあ、また来ますからね」

戸が開いて、ふたりの女が出てきた。

ひとりは髪が白く皺《しわ》も目立つ年寄で、もうひとりはその娘と思われる年増《としま》であった。顔を真っ赤にしながら、荒々しい足取りで、長屋の合間を抜けていく。

気になって、右京は女たちのあとを追った。

「あの、すみませんが、そちらさまは、たきさんの知りあいで」

「そうですが、それがなにか」

年寄が足を止めて振り向いた。眼光はきつい。

「いえ、話が聞こえてきたもので、つい気になりまして」

「盗み聞きとは感心しませんね」

「外に聞こえるように話をしていましたので、あれでは、耳をふさがないかぎり聞こえてしまいますよ」

右京が、皮肉な言いまわしで応じた。正直、腹が立っていた。

「ずいぶんと、きつい言い方をしておられましたな」

「いいんですよ。私どもはいくら言っても。亡くなった伊勢屋の半兵衛は、私の子ですから。この子にとっては、兄になります」

「となると、おふたりは、たきさんの身内でしたか」

「よしてください。あんな女。とっくに離縁しました」

年寄はまきと名乗り、さんざんにたきを罵倒《ばとう》した。

「あの女が息子をおかしくしたんですよ。それまでは、いい仕事をして、あたしたちの面倒も見てくれましたのに。せっかくお武家さまとお付き合いできるようになったのに、あの女がよけいな口出しをするからし損じて、すべてがおかしくなったんです」

「あたしたちの言うことを聞いていれば、兄上だって死なずに済んだんです。疫病神《やくびょうがみ》もいいところですよ」

ふさと名乗った妹も、容赦なかった。

　ふたりの気持ちは、わからないでもない。息子、もしくは兄を失えば、さぞつらかろう。

　しかし、たきもまた夫を失っている。哀しみの深さは変わらないであろうに、労ろうという気はないのか。

「離縁したのであれば、他人でしょう。ならば、ああまで罵《ののし》るのはおかしい。ましてや金をたかるなんて」

「たかるとはなんですか。いったい、あたしたちがどこで……」

「やりとりを聞いていればわかります。やっていたでしょう」

　まきは怯《ひる》んだが、それは一瞬のことだった。

「あの女のおかげで、不幸になったのです。償《つぐな》うのはあたりまえのこと」

「たいした額ではありませんから。できることなら、この三倍は欲しいところですわ」

　いくら渡しているのか知らないが、その金は、たきが懸命になって稼いだものだろう。

　ろくに食事もせず、着物も買わず、懸命に貯めこんだ金を、かつての身内というだけで差しだしている。どれだけ、ずうずうしいのか。

「あんたも同じ穴の狢《むじな》ですか。店子も店子なら、差配も差配ですね」

「まったく、客に文句をつけるとは。ろくなものではありませんね」

まきは右京を睨み、ふさは毒づいた。

「それは、失礼しました。では、これで」

ふたりが立ち去ろうとしたところで、右京はさりげなく細千を放った。

少し離れてから思いきり引くと、ふたりは前のめりになって倒れる。

笑い声があがる。町の歩き方も知らねえのかい、とからかう男もいる。

ふたりは何事か怒鳴り散らしていたが、あえて聞かず、右京は長屋に戻った。

たきは、先刻と同じ姿勢で座っていた。その目は虚《うつ》ろだ。

「大丈夫か」

右京が声をかけても、返事をしなかった。手を叩くと、ようやく瞬《しばたた》き、顔を向ける。

「どうだい。疲れているように見えるが」

「い、いえ。平気です。すみません。気を使わせて」

「ずいぶんと、ひどいことを言われたようだ。お金も取られたようだな」

「しかたないんです。悪いのは、あたしですから」

「でも、あれはないと思うぜ。まるで、あんたがすべて悪いような言い草じゃないか。つらいのは同じだろうに」

「いえ、もっと、あたしがうまくやっていれば、こんなことにはならなかったんです。もっともっと、やりようはあったはずなのに……」

たきは立ちあがったが、身体に力が入らず、よろめいた。

「休んだほうがいい」

「いえ、仕事に戻らないと。では、失礼します」

一礼すると、たきは立ち去る。その動きはひどく弱々しい。

右京は自分の部屋に戻ると、帳面を取りだして、たきに関する覚え書きにあらためて目を通した。どうにも気になることがあった。

四

「いや、間違いなく、あの女房が悪いよ。それまで商いはうまくいっていたんだからさ。よけいな口出しをしたから、つまずいたんだよ、きっと」

荒々しい口調で応じたのは、伊勢屋で手代だった男だ。佐賀町の古着屋に勤めていたので、右京が出向いて話を聞いていた。

「あたしだって、もう少しで番頭になるところだったんだよ。例のお武家さまとの商いがうまくいっていればね。けれど、最後のところで手のひらを返されてしまって、なかったことにされちまった。まったく、ついていないよ」

「それは、半兵衛さんが取り仕切ったのですか」

「そうだよ。大女将《おおおかみ》が持ってきて、ふささまが家臣と話をつけて、あとは旦那さまがやりなすった。女房は途中からやめろと言っていて、それで言い争いになっていた。まったく、好きにやらせてやればよかったんだよ」

さんざん罵った末に、手代は別れた。怒りをおさえきれないようで、近くの飯屋で酒を注文していた。

右京は吐息《といき》をついた。

この三日間、伊勢屋の手代や番頭から話を聞いたが、出てくる言葉は同じだった。

たきは悪い女で、嫁をとってから店はおかしくなった。少なくとも、大女将と妹の三人でやっているうちは、店はうまくまわっていた。そのように考えており、たきへの憎悪《ぞうお》を隠そうとしなかった。

かつての番頭は、男をたらしこむ悪女だと、たきをこきおろした。

たしかに、たきが嫁に来るまで、伊勢屋の商いはうまくいっていたようだ。

客は増える一方で、潰れた糸問屋を買い取って、本所に新しい店を出していた。

店の者も増えていたし、給金もよくなっていた。

ただ、細かく調べてみると、怪しいところもある。

あえて安値をつけて商売敵を潰し、おのれの儲《もう》けは度外視しているようにも見えた。あたりまえだが、おかげで借入金がかさみ、売り掛けの支払いが滞《とどこお》ったこともあったようだ。

仕入れにあたっても、無理な商いをしているせいか、名も知らぬ農家からの仕入れが目立ち、糸の質が悪化してもいたようだ。

強引な手段を使って、同業の問屋と諍いも起こしていた。

「もう少し話を聞いたみたいところだが」

伊勢屋がなくなってから、ずいぶんと時が経つ。勤めていた者はちりぢりになっており、これ以上の調べにはよけいに手間がかかりそうだった
風が吹いて、細かい雨粒《あまつぶ》が顔にあたる。見あげれば、いつしか灰色の空が頭上を覆っている。

今日は朝から雲が多く、天気が悪くなるだろうとは言われていた。もしやすると、夜には雪になるかもしれない。十二月の寒さは、さすがに厳しい。できることなら、どこかで蕎麦でもすすって暖をとりたいたものだ。

右京が袖《そで》に手を入れると、背後から声がした。

「あの……御神本さまですよね」

振り向くと、十代の娘が彼を見ていた。山吹色《やまぶきいろ》の格子がよく似合う。

「ああ、そうだが、あんたは」

「私は、伊勢屋で下働きをしていた、かよと申します。あの、たきさまのことで、お話ししたいことがあります」

「なんだって」

「あの、伊勢屋のことを訊《たず》ねているって聞きましたが、違うんですか」

「いや、たしかにそうだが……その話、どこで聞いた」

「うちの店を訪ねてきた女の人に。ここまで案内してもらって」

かよが視線を向けた先には、頭巾《ずきん》をかぶった女がいた。

顔には見覚えがある。先だって、なつと番頭のあとをつけていたときに見かけた。

美里《みさと》だ。

やはり、いたのか。

右京が気づいたことを知ると、女は足早に路地に駆けこんだ。

あわててあとを追ったが、路地の奥に入ってしまい、その姿はいずこともなく消えていた。

右京は顔をしかめる。

なぜ、いまになって、美里が現れたのか。あのとき、さんざんに罵って右京の前を去っていったのに……。

いったい、なんの用があるのか。しあわせ長屋の件を、なにか知っているのか。

疑念に駆られながら戻ってくると、かよが右京を待っていた。

「あの……」

「ああ、すまなかった。わざわざ来てくれて、ありがとう」

「い、いえ。店は近いので」

「では、話を聞かせてもらおうか」

右京は娘を、海福寺門前の山崎屋《やまざきや》に連れていった。佐賀町の船橋屋と並ぶ羊羹《ようかん》の名店であり、祭りの日には混みあって、店に入れないほど人が集まる。

小上がりに案内されると、こんな有名なところに来たのははじめてだと、かよは素直に喜んでいた。

「たきさまには、お世話になりました」

羊羹をつまみながら、かよはゆっくり話を切りだした。

「あたしは、同じころに店に入ったこともあり、早いうちに顔を覚えてもらったんです。気にかけてくれて、本当に助かりました」

かよは、たきが伊勢屋ではよく扱われていなかったと語った。古参《こさん》の手代や番頭はたきを馬鹿にしており、頼み事をしても忙しいからと断っていたらしい。大女将たちと結託《けったく》して、いじめてもいたようだ。

「正直、旦那さまもひどく扱っていました。人前でもあしざまに言って、いつもたきさまは頭をさげていました」

「どうして、そんなふうにしたんだろう」

「買い取ったから、好きにしていいんだと言っていました」

かよの話によれば、たきは深谷の農家出身で、糸の仕入れをうまく進めるため、半兵衛が無理やりに娶《めと》ったとのことだった。夫婦仲はよくなく、新婚のころから妾《めかけ》のところに通っていた。

「旦那さまや大女将は、あたしたちにきつくあたることがあって、そのたびに、たきさまはかばってくれました。男の人たちはともかく、裏方の女は旦那さまや大女将のことが嫌いで、たきさまの味方でした」

かよは、伊勢屋の内情を細かく語ってくれた。

店は古参の者がえばり散らしており、まきや半兵衛がそれに味方して殴る蹴《け》るまでの沙汰《さた》になっていたこと。

商いがうまくいかないと、蔵に閉じこめて食事も与えなかったこと。

下女が殴られることはあたりまえで、ときには大怪我をすることもあったこと。

数えあげれば、きりがなかった。

「旦那さまが亡くなったとき、たきさまはひどく責められましたが、それは単なる八つあたりです」

かよは言いきった
「自棄《やけ》になった旦那さまが借財を作りまくったときには、返済のため、あちこちを駆けまわっていました。頭もさげて、最後には店を移って商いを小さくすればやっていけるところまで手配しました。なのに、その話をしたら、旦那さまは気が触れたようになって、たきさまを殴って、最期はああなってしまいました」

かよは顔を伏せたが、それは短い間で、すぐに右京を見つめた。

「たきさまが、いまどこにいるのか、ご存じですか」

「ああ」

「だったら、助けてあげてください。旦那さまが亡くなって以来、つらい思いをしています。全然、悪くないのに。かわいそうです」

「そうだね。そう思うよ」

「もう十分に苦しみました。これからは、幸せになることを考えてもいいと思います。だから、よろしくお願いします」

かよは頭をさげる。たきを思う気持ちが痛いほど伝わってきて、右京は心を打たれた。

五

かよと別れて、右京は帰路についた。

風が吹き、首筋を寒気が撫《な》でる。

いちばん寒い季節を迎えて、町民も背中を丸めて大通りを行き来している。元気なのは子どもだけで、年かさの番頭や職人は、外に出るのも嫌だという顔つきだった。

年をとったせいか、寒さがこたえるようになった。蝦夷で戦っていたころが、嘘《うそ》のようである。

早く長屋に戻りたいと思いながらも、右京の足取りは遅いままだった。

見る人間によって、彼女の印象はまるで違う。古参の手代や番頭は悪女だと罵り、身近な下女は、優しくて気配りのできる人だと語った。

まきやふさにかかれば、身内を死に追いやった極悪人ということになる。

いろいろとあって、感情的になるのはわかる。しかし……。

ふと、右京の脳裏《のうり》に、たきの姿が頭をよぎる。

いつも彼女は、この世の不幸をすべて背負っているかのような顔をしていた。笑顔を見せたことは一度もない。いつも口を結んで、下しか見ていない。

もしかしたら、たきは、もう幸福を感じる心を失ったのかもしれない。

人は不幸に慣れると、なにが喜びで、なにが楽しみなのか、わからなくなる。底なしの闇《やみ》に引きずりこまれ、自分がどうしたいのかも見えなくなり、最後は闇の沼でうずくまったまま動かなくなる。

それは、究極の不幸だろう。

なんとかしてやりたいが、どうすればいいのか、右京にはわからならない。

長く生きてきても、たとえ死神と恐れられた凄腕《すごうで》の隠密であろうとも、こじれた人の心を直す方法はつかめなかった。

右京はため息をつくと、まっすぐ富岡橋を渡って、川に沿って歩きはじめた。

声をかけられたのは、その直後だ。

「話はできましたか。かよちゃんと」

足を止めて振り向くと、女が立っていた。

目鼻立ちはあいかわらず整っている。小さな口元が魅力的で、明るい笑顔によく似合っていた。島田に結い、化粧は薄めになっても、美しさは変わらない。

「やっぱり、おまえさんかい。美里」

「おひさしぶりですね。御神本さま」

「こんなところで会うとはな。いったい、何年ぶりだ」

「あの人の形見《かたみ》をもらってからですから、もう十五年になりますね。月日が経つのは早いものです」

「元気そうでなによりだ」

「御神本さまも、と言いたいところですが、とてもそんな気にはなれないですね。あの人を見捨てて、よくも生きていられるものです」

美里の顔が歪《ゆが》んだ。憎しみに満ちた、あの表情だ。

まだ恨みは消えていないのか。いや、当然か。

あれほど愛しあっていた夫婦だったのだから、あんな形で引き裂かれれば、いつまで経っても心の傷は癒《い》えまい。

泣き崩れる美里の姿は、いまだ右京の記憶にある。

右京は、苦い思いと戦いながら話を続けた。

「あの娘とは知りあいなのか」

「かよですか。ええ。大工町の損料屋《そんりょうや》で下女をやっていて、そこの手代といい仲なんですよ。伊勢屋に勤めていたことは知っていましたからね。御神本さまがつついているようだったので、声をかけたんですよ」

「おまえさん、なにを知っている？」

「なにも。ただ、気になったから、手伝っただけですよ。じつは前にも、ちょっと手を貸しているんですけれどね」

「秋治郎のときか」

渡真利の前で、似た女を見つけた。まさかと思ったが、そうだったか。

「ええ、あの店に行くように仕向けてね。あのやくざ者も。おかげで、事がうまくいったでしょう」

「いったい、なにを考えている。どういうつもりで手を出してきた」

「御神本さまほどの隠密が、なぜ、あんな長屋の差配をやっているのか。気になっただけですよ。貧乏人ばかりで、たいしたことない連中が集まっているだけなのに。引っかかったんで、少しね」

「よけいなことはするな。おまえさんでも踏みこんでくるならば……」

「始末するんですか。怖いですね」

美里は懐《ふところ》に手を入れる。

日が暮れかけていることもあり、周囲に人はほとんどいない。静寂《せいじゃく》に包まれた河岸《かし》で、ふたりは睨みあう。

美里の殺気は、最後に会ったときと変わらない。

「やめておきましょう」

ふっ、と美里は息を抜いた。

「今日のところは帰ります。また、ゆっくりと話をしましょう」

「待て。おまえさんには聞きたいことがある」

「私にも話したいことがあります。ですが、それはあとにしましょう。いまは、もっと大事なことがありますよ」

「どういうことだ」

美里は口を閉ざすと、富岡橋を見る。

彼女の見つめる先には、橋の中央までたどり着いた女の姿が見えた。たきだ。しばし立ち止まってから、欄干《らんかん》にたたずむ男にすがりつく。

その男の顔にも、右京は見覚えがあった。

竹蔵である。

同じ長屋の蠟燭職人がたきと並んで、仙台堀の水面を見つめていた。

六

それ以後、たきの動きに気をつけていると、竹蔵とよく話をしていることに気づいた。しかも、女房がいない頃合いを見計らって。

長屋では、それこそ身体をすり寄せて話をしていたし、長屋に近い心行寺《しんぎょうじ》や海福寺の裏手で落ちあって、顔を合わせることもあった。

話をするのはたきであり、竹蔵は半分も返事をしていないようだった。それでも追い払うようなことはせず、たきが手を取っても、そのままにしていた。日を追うごとに、顔を合わせる回数は増え、ふたりの距離はあきらかに縮まっていた。

「たきさん、お出かけかい」

右京が声をかけると、たきはいつもと同じように一礼して応じた。

「はい。ちょっと木場《きば》の先まで」

「なにか用があるのか」

「ええ。大事な話があって」

いつもより目鼻立ちがはっきりしているのは、薄く化粧をしているからだった。

この長屋に来てからは、はじめてのことだ。

「なんの話か聞かせてくれると、嬉《うれ》しいんだがね」

右京は、たきの行く手を遮《さえぎ》った。

「いえ、たいしたことでは……」

「ほう、竹蔵との逢《あ》い引きは、たいしたことではないのか」

さすがに、たきの表情が変わった。小さく息を呑《の》んで、右京を見あげる。

「知らないとでも思ったか。だとしたら、甘く見られたものだな」

右京は語気を強めた。

「あれだけ派手にやっていれば、いやでも目につく。さすがに放ってはおけないね」

「………」

「竹蔵ととよは、子どものころからずっと思いあっていて、独り立ちをきっかけに一緒に暮らしはじめた。苦しいときも女房の支えがあったから、やってこられたんだ。おまえさんは、それをぶち壊すつもりなのか」

たきは答えない。うつむいて、右京の脇をすり抜けようとするが、それは許さなかった。

「どうなんだ」

「そんなつもりはありません」

「でも、声をかけ、ふたりで会っている。今日はいったい、どこで会うつもりなんだ」

「島田町です」

「あそこには、出合茶屋があったね。そこで竹蔵と懇《ねんご》ろになるつもりか」

たきは顔をそむけた。唇はわずかに震えている。

「あんた、あんな男に身体を好きにさせていいのか」

「どうなってもいいいんです、私は」

「よくはないだろう。いったい、なにを考えている」

「…………」

「女房との仲をぶち壊しても、あんたは竹蔵が欲しいのか。それが、あんたの幸せなのか」

「違います。あたしの身体でも、なんでもいいんです。とにかく、竹蔵さんの思いをこの世につなぎ止めておかないと。そうでないと……」

「そうでないと、なんだね」

たきは右京を見あげて言った。

「竹蔵さんは身投げします」

「なんだって」

右京は絶句した。

右京は混乱しながらも、たきを伴って島田町に向かった。

事の次第を知ったのは、深川大和町で渡し船を待っているときだった。

「いったい、どういうことだ」

「竹蔵さんは脅《おど》されているんです。昔の博打《ばくち》仲間に」

火事を起こして、自棄になっているとき、竹蔵は半端な博打に手を染めた。毛利家《もうりけ》の下屋敷に赴き、さんざんに負けて、またたく間に借金を重ねた。ひどいときには、五十両を超えていたらしい。

「とよさんに励まされて、懸命に仕事をして、知りあいの方に頭をさげて、ようやく借金は返したんです。ですけれど、そのとき、証文のひとつを取り返すことができなくて、ほかの人の手に渡ってしまったんです」

「それで強請《ゆす》ってきたのかい」

「はい」

渡し船が来たので、ふたりは乗りこんだ。

四半刻とかからず島田町に着いて、ふたりは船をおりた。

たきは歩きながら、話を続けた。

「質《たち》の悪い人たちで、元金を返していたのに、利息がどうこうとか言って、さんざんに絡んできたみたいです。言うことを聞かないのならば、火をつけてやろうと言われたようで、竹蔵さんはどうしていいのか、わからないみたいでした」

「ひどいね、それは」

竹蔵は一度、失火を起こしている。もう一度やらかしたら、間違いなく獄門《ごくもん》で、それを狙《ねら》って脅し文句を並べたに違いない。

「あたしが声をかけたときには、竹蔵さんは死ぬつもりでした。食い止めようと思って、ふたりで会っていました」

「言い寄っていたわけではなかったのか」

「励ましていただけです。でも正直、身体の仲になってもいいとは思いました」

たきは手を強く握った。

「竹蔵さんが、少しでもこの世に未練を残してくれるのであれば、どんなことでもしようと思っていました」

「そんな……」

自死を食い止めるためとはいえ、みずからの身体を差しだすつもりだったとは。

無茶が過ぎる。

「しかし、よくわかったね。竹蔵が追いこまれていることが」

「死相が出ていたんです」

「この前、会ったときかい」

「はい」

表向きは普通だったが、目の奥に恐ろしいほどの虚無《きよむ》があった、とたきは語った。

どうなってもいい、という自棄の空気が濃厚に漂っており、それはいつ爆発してもおかしくなかったようだ。

「あたしは、あれを見ているんです。あの人が首をくくったときに」

たきの声は低く、異様によく響いた。

「私に怒鳴り散らしていましたが、目の奥はひどく醒《さ》めていました。竹蔵さんは同じ目をしていたんです」

「それで、あのとき声をかけたのか」

「あの日、あたしは主人が奥の座敷に入っても、声をかけませんでした。その前に、大女将にいろいろと言われていたこともあって、どうなってもいいと思ったんです。それが間違いでした。ひと声かけていれば、あの人は死なずに済みました。たとえ、罵られることがあっても、生きて話はできたんです」

たきは掘端で足を止めた。横顔は、さながら冬空のような暗さだ。

「私は取り返しのつかないことをしました」

「たきさん……」

「なぜ、私は生きているんでしょう。主人は死に、店もなくなってしまったのに。あそこであたしが死んでいれば、きっとすべてがうまくいっていたのに」

「違う。たきさんは悪くない」

「いいえ。あたしなんて、いなければよかったんです。人の足を引っ張って、あちこちに不幸をばらまいて。こんな女、もう……」

「やめなさい。いまは竹蔵と会うのが先だ」

右京はたきを叱《しか》りつけた。

気持ちはわかるが、いますべき話ではない。竹蔵の件が落ち着いてからでも、十分に間に合う。

「どこだ。待ちあわせの場所は」

「こっちです」

たきに案内されて、右京は待合茶屋に赴いた。

二階建てで、たきが声をかけると、皺だらけの老女が出てきて、少し前に竹蔵は出ていったことを告げた。ひとりで、ひどく打ちひしがれていたらしい。

「いけない。まさか……」

たきは茶屋を飛びだした。右京もあわててあとを追う。

冷たい風が吹き抜け、土埃《つちぼこり》があがる。痛いほど砂が飛んでくるが、懸命に耐えて、右京は走る。

「あっ！」

たきが声をあげる。

木場と深川をつなぐ橋の上に、男の影があった。

竹蔵だ。暗い表情で、水面を見ている。

その身体が欄干を越えて、橋の外側に傾いていく。

右京はたきを追い越し、細千を放り投げる。先端が足首に巻きついたところで力まかせに引っ張る。

竹蔵は橋に引き戻されて、あおむけに倒れる。

その身体に、たきが抱きついた。

「いけません。自分で死ぬなんて駄目です」

「……たきさん」

「とよさんが待っています。お願いですから、これ以上、大事な人を泣かさないでください」

たきが自分の思いを叩きつけると、竹蔵は橋の上で身を起こした。しかし、立ちあがることはなく、その場でうなだれると、静かに泣きはじめた。


右京は橋で泣き続ける竹蔵を宥《なだ》めると、長屋に連れて帰った。そこで、女房のとよも交えて話をした。

思わぬ話に、とよは衝撃を受けていたが、それが自分を心配させまいとする竹蔵の気配りだと知ると、泣いて自分が至らないことを謝った。

事情は、たきが説明したとおりだったが、ここのところ仕事場にも証文屋が姿を見せるようになっていて、仕事にも支障《ししょう》が出ていると語った。

仲間も彼につらくあたっているようで、追いこまれているようだった。

「結局は、その証文を、なんとかするしかないねえ」

無法者に理屈は通じない。証文を取り返したうえで、町役人に相談し、うまく事をおさめるよりなかった。

「それは、あたしにやらせてください。考えがあるんです」

話しあいの場で、たきは言いきった。

強張った表情が気になったが、右京は問いただすことはしなかった。竹蔵のことで頭がいっぱいだったからだ。

それは大きな間違いだったのだが、右京がそのことに気づいたのはすべてが終わってからだった。

七

「へえ、おまえさんが、たきさんかい。なかなかのべっぴんさんじゃないか」

右の眉毛《まゆげ》に傷のある男が、たきを睨《ね》めまわした。すぐにでも手を伸ばして、その肌を撫でまわしそうだ。

男の名は、虎松《とらまつ》といい、証文屋の頭《かしら》を務めている。竹蔵を追いこんでいる張本人だ。

「たいしたことはありませんよ。あたしみたいな女はどこにでもいます」

はすっぱな口調で、たきが応じる。いつもとは、まるで違う。右京は驚いたが、なにも言わず、かたわらに座っていた。

「ですが、さすがに舐《な》められては腹が立ちます。そこで、今日、皆さま方のところへ話をしにきたんですよ」

「竹蔵に恨みがあるっていっていたな」

「まあ、そんなところですよ」

たきは顔を歪めて、話をはじめた。

少しいい男だったので、竹蔵に声をかけたら、女房がいると言われて、あっさり断られた。そればかりか、それを他の店子に知らせたので、長屋に住みづらくなった。仕事先にも話を知られて、赤っ恥を掻いた。

懸命に演技しながらも、たきは長い話を語りきった。

「まったく。前科持ちのくせに、よく言いますよ。ちょっと許せませんね」

「おっと、おたきさん。あいつは火付けはしていないぜ。お咎《とが》めはなかった」

「長屋の半分も焼いていれば、やったのと同じですよ。だから仕事を追われて、しばらく住むところもなかったんでしょう」

「こいつは手厳しい。恨みに思っているというのは、本当のようだ」

虎松は、そこで右京を見やった。

「で、こいつは」

「あたしの……いい人ですよ。まさか、差配とできているとは思っていないはず。これで追いこんでやれますよ」

わずかに顔をしかめつつ、たきは最後まで言いきった。

あきらかに無理をしているが、それでもやり遂《と》げようとするのは、竹蔵に生きていてほしいという思いからか。

あの日、たきは証文を取り返すため、相手のねぐらに乗りこむと語った。

よけいな小細工はせず、女としての自分をぶつけて、相手を騙《だま》す。そのうえで、できるだけ早い頃合いに証文を奪い取り、竹蔵を解放する策だった。

右京は反対した。相手は手練《てだれ》のならず者であり、うまくいくとは思えない。

だが、たきは引かず、最後は右京も受け入れた。たしかに証文屋の強請はひどくなっているようで、あまり時もかけられない。

竹蔵の線から、証文屋と会う手筈《てはず》をつけたのは、たきだった。驚くべき行動力で、右京は言うがままについていくだけだった。

「三十両、巻きあげるのでしょう。だったら、あと十両乗せてもらえませんか」

「それだけでいいのかい」

「十分ですよ。下手に乗せすぎて川に飛びこまれるようなことになったら、なんにもなりませんからね」

振り絞ったであろう、たきの言葉に、虎松は笑った。

「悪くねえな。じゃあ五十両として、俺たちが四十をもらうか。おまえたちは十だ」

「いいですよ。ただ、ひとつお願いが」

「なんでえ」

「証文を見せていただけませんかね」

「なぜだ」

「もっと搾りとるやり方が見つけられるかもしれないから」

「そいつはできねえな。万が一のことがあったら困る」

「あら、気の小さい。ここには虎松さまの子分が、たくさんいるじゃありませんか」

たきは周囲を見まわす。

たいして広くない座敷には、八人の子分がふたりを取り巻くようにして座っていた。いずれもたきに対して、ねちっこい視線を送っている。

「こっちは女と、長屋の差配。なにがあってもかなうはずがないでしょう。これで怖いのならば、ちょっと驚きですね」

虎松の眉が跳ねた。

うまく矜持《きょうじ》をつついたようだ。

怖いのですか、という言葉に、男は弱い。子分に取り囲まれていれば、なおさらだろう。

舌打ちすると、虎松は証文を懐から取りだして、たきの前に置いた。

「これでどうだい。じっくりと見な」

たきは身を乗りだして、証文に顔を寄せる。

だが、それはほんの短い間のことで、たちまち手を伸ばすと、ひったくるようにして奪い取る。

「あ、てめえ」

「差配さん」

たきが投げた証文を、右京がつかみとる。

「早く外へ」

「いけない。逃げるんだ」

右京が指弾を放つよりも早く、虎松が長脇差《ながわきざし》を抜いていた。

剣尖《けんせん》が唸《うな》る。

「ああっ」

下から斬《き》られて、たきが呻《うめ》いた。その場に崩れ落ちる。

「よくも！」

右京は怒りのままに、指弾を放つ。

額を叩かれて、虎松はあおむけに倒れる。

子分がいっせいに襲いかかってくるのを、右京は同じく指弾で迎え撃つ。

立て続けに放って、四人の意識を奪う。

残った四人は、細千で食い止める。

細い糸がさながら生き物のように宙を舞い、男たちの首や足に巻きつき、動きを奪っていく。

最後のひとりは短刀を抜いて右京に突撃してきたが、それを横にかわして、細千を首に巻きつける。わずかに力をこめただけで、意識は失われた。

「この野郎」

急いで、右京はたきを抱えて、外に出た。

「たきさん、しっかりするんだ。たきさん」

揺さぶる手は、血で赤く染まっていた。相当に傷は深い。

「あ、差配さん……」

ようやく、たきが目を開けた。しかし、瞳の輝きは驚くほど弱い。

「し、証文は」

「大丈夫だ。ここにあるよ」

「よかった。すぐに竹蔵さんのところに」

「その前に、あんたの手当だ。急がないと」

「あたしはいいんです。よかった。ようやく死ぬことができる」

「なにを馬鹿なことを言っているんだ。しっかりしなさい」

「いいんです。あの人が死んだときに、あたしも死ぬべきだったんです。生きながらえて困っていたんですが……ようやく」

たきの呼吸は荒くなっていた。出血も止まらず、地面が赤黒く染まっていく。

「ねえ、差配さん」

「なんだい」

「あたし、ちゃんとやりましたよね。これで許してもらえますよね」

「もちろん。あんたはやり遂げた。あとは無事に長屋に帰るだけだ。あんたの家があるところに」

「そうですね。戻って、これからは皆と仲良く……」

たきの言葉は、そこで途切れた。力が抜けて、首ががくりと垂れる。

呼吸が静かに止まる。

またたく間に、たきは声の届かない世界に消え去り、右京はその身体を抱きしめたまま、その場で膝《ひざ》をついていた。

八

事件のあった翌日、長屋でたきの葬式《そうしき》がいとなまれた。

変わり果てた姿に、店子は涙を流した。竹蔵は、すまねえ、すまねえ、と繰り返し、とよも枕元で伏せたまま動かなかった。

さよもうめも物言わぬたきを見て、静かに涙を流した。

それでも右京は、近所だけの寂しい式になると思っていたが……。

午前中からひっきりなしに弔問客《ちようもんきやく》が訪れて、その死を嘆《なげ》いた。

最初に姿を見せたのが、かよで、遺骸《いがい》に抱きついて激しく泣いた。世話になったのにごめんなさい、とさんざんに謝り、右京が声をかけても離れようとしなかった。

伊勢屋の下女も、そろって姿を見せた。

誰もがたきに世話になったと言い、哀しみの涙を浮かべた。

たきに勧められて糸屋に勧め、そこの主人と結婚したという者もいたし、彼女に礼儀作法を仕込まれたおかげで、武家の奥向きに勤めることができたという女もいた。

驚いたのは、たきが江戸で苦労していたときの知りあいも現れたことだ。

店が潰れて住み処《か》を変えている間にも、たきは多くの男女を助けていた。誰もが、彼女が見せた好意に感謝し、その後の不調法を詫《わ》びていた。

「なにが、生きていちゃいけなかっただよ」

涙を流す弔問客を見て、右京はつぶやいた。

こうして、多くの者が、あなたに感謝しているではないか。

こんなに多くの者が話をしたがっていたのに、どうして世を儚《はかな》んだのか。

幸せになる資格はあったのだ。間違いなく。

生きていてほしかった。もっと長く。

右京は長屋を出て、空を見あげる。

視界を白い粉がかすめる。

厚い雲に覆われた江戸の町は、静かに舞い落ちる雪によって、白く染めあげられようとしていた。

第四話　小さな相棒

一

豊太郎《とよたろう》は、大きく息を吸って背筋を伸ばす。

酔いを払うには、それがいちばんと思ったのだが、冷たい空気を吸いこんでも変わりはなかった。むしろ、頭痛はひどくなったように思える。

すでに明け五つを過ぎており、深川の町は人であふれている。

棒手振《ぼてふ》りが勢いよく駆け抜け、芸人の掛け声が響いているのに、豊太郎は二日酔いの頭を抱えて、町をさまよっている。

「まいったな。うまくねえ」

「あっしもですよ、兄貴。どうなっているんですか。太陽が三つに見えますぜ」

「俺はふたつと半分だ。なんでくるくるまわっているのかな」

「西からのぼったお日さまは、東に沈むんですぜ。知らないんですか」

「はじめて聞いた。おめえは賢《かしこ》いな。多九郎《たくろう》」

豊太郎が横を見ると、ふらつきながら歩く男がいた。

背は小さく、身体も細い。顔立ちは猿《ましら》のようで、髷《まげ》が斜めになっているせいか、滑稽《こっけい》な雰囲気が強調されている。

目線は合っておらず、上を見ているのか下を見ているのかもわからない。

多九郎は彼の弟分で、五年前、江戸で兄弟の契《ちぎ》りを結んだ。

面倒を見てくれたのは神明町《しんめいちょう》の親分だったが、三年前に抗争《こうそう》に巻きこまれて、あっさり死んでしまった。

そのときには豊太郎も多九郎も江戸から追いだされ、しばらく尾張《おわり》の地に隠れていた。ようやく落ち着いて江戸に戻ってきたのが半年前で、あちこち渡り歩いた末に、深川のしあわせ長屋に腰を落ち着けることになった。

昨日は、新しく世話になる白山組《はくさんぐみ》の親分に挨拶《あいさつ》に行き、しこたま飲んできたところだった。

「お開きになったら、とっとと戻ってくれればよかったんですよ。まだ木戸は開いてたんですから」

「なにを言っていやがる。もっと飲みてえって言ったのは、おまえじゃねえか。俺の倍は飲んだくせに、ぐだぐだ文句を言うな」

「いいえ。兄貴のほうが、多く飲んでいました。あっしは寝ていました」

「よく言うぜ。俺のところに銚子《ちょうし》がまわってくると、いつでも空だった」

文句をつけるたびに、頭が痛くなる。早く家に戻って迎え酒でもやらないと、午後も寝ているだけになってしまう。

「どこへ行くんだ、多九郎。長屋はこっちだぞ」

「わかっていますよ、兄貴」

「おや、ようやくお帰りか。まったく、こんなに陽が高くなるまで、なにをしていたんだ」

嫌味のこもった声に顔を向けてみると、薄い緑の羽織《はおり》を着た男が、彼らを見ていた。意外にも、腰に差した脇差《わきざし》がよく似合う。

年はよくわからない。たぶん五十くらいではないか、と長屋の誰かが言っていたが、もう少し若いようにも見えるし、もっと上と言われてもうなずける。

笑う姿は、さながら大黒天《だいこくてん》のようであり、見ていると、こちらの気もゆるんでくる。といっても、けっして恰幅《かっぷく》がいいわけでもない。

しあわせ長屋の差配で、名を御神本右京という。

まさか、武家が長屋の面倒を見ているとは思わなかった。驚いたが、話をしてみると気さくで、えばり散らして説教するようなことはなかった。

町方とも仲良くやっているようで、やくざ者が住んでいても別段、咎《とが》められることもなさそうだった。店子《たなこ》の信頼も厚いようである。

「すみませんね、差配さん。昨日はひさしぶりに、知りあいと会っちまいましてね」

豊太郎は頭をさげた。ここは下手に出ておこう。

「思いきり飲んでいたら、木戸の閉まる刻限でして。もう、いいやってことで、奴のところで朝までがぶがぶやっていたんですよ」

「それで酒臭いのか。まずは風呂にでも入れ」

「長屋に戻って着替えたら、そうしますよ」

「それと、うめのところでは飯を食べないほうがいい。あの人、酒飲みが嫌いだからね。怒鳴られて叩きだされるぜ」

「客商売で、それもどうかと思いますが、ここは言うことを聞いておきます」

「そうしてくれ。ああ、あと、その足元のはなんだ」

「え？」

下を見ると、薄茶色の生き物がすり寄ってきた。

子犬だ。

一尺あまりの柴犬《しばいぬ》だ。丸っこくて毛がふさふさしている。足に触れると、妙にくすぐったい。

犬は、豊太郎を見あげると、大きな声で鳴いた。

「な、なんだ、こいつは？」

「ああ、昨日、見た犬ですね。兄貴、覚えていないんですか」

多九郎がかがむと、子犬は身体をすりつけてきた。

「ほら、仲町の飲み屋で、ぱっとやってから店を変えたじゃないですか。そのときに途中で見つけて、兄貴が飯のあまりをやったら嬉《うれ》しそうに食べて。そのあと、ずっとついてきたんじゃないですか」

「ああ……そういえば、そんなことしたな」

掘端を歩いていたら、子犬が出てきたので、餌《えさ》をやった。尻尾《しっぽ》を振って、嬉しそうに食べていたのを覚えている。

豊太郎が見おろすと、子犬は尻尾を振って丸い瞳で彼を見あげた。

「かわいいじゃないですか、兄貴」

「知らねえよ、こんなの」

「ああ、飼うなら、しっかり面倒を見ておくれよ。糞《ふん》の始末もな」

「お、おい。ちょっと待て」

右京に言われて、豊太郎は顔をしかめた。

「世話なんかするかよ。ほら、さっさと行きな」

豊太郎は足を振ったが、犬は近くを離れようとしなかった。小さな声で鳴いて、すがってくる。

「よせって。犬の面倒を見るつもりはないぜ」

「いいじゃないですか、兄貴。こいつの居場所が決まるまで、面倒見ても。こんなにかわいいんですから」

多九郎が抱えあげると、子犬は嬉しそうに頬《ほお》を舐《な》めた。

「はは。いいな、こいつ」

「じゃあ、決まりだな。長屋の者には、私から話しておく」

「おい。勝手に決めるな」

「じゃあ、放っておくのかい」

「それは、まあ」

豊太郎が顔を向けると、子犬は彼をじっと見ていた。

すがるような目で、胸が苦しくなる。まったく、もう、どうして子犬は……。

「わかったよ。ただ面倒は、多九郎、おめえが見るんだぞ」

「へーい」

「あと、預け先は探しておけよ。ずっと飼うつもりはないからな」

豊太郎が言い放つと、それに答えるように子犬が鳴いた。

それは力強くて、どこか嬉しそうだった。

二

「ほら、ちび、飯だぞ」

豊太郎が搔《か》き集めた残飯を置くと、ちびと呼ばれた子犬は皿をじっと見つめた。

しばらくすると顔をあげて、彼を見る。

またこれかと言いたげな表情だ。最近、目立つ。

豊太郎は顔をしかめた。

「いいだろう。食えるものがあるだけ。まったく、人の苦労も知らねえで」

ちびは豊太郎を見ていたが、やがて、しかたねえやと言いたげにまわりをわざわざ一回転してから、皿に頭を突っこんだ。

「あ、ちびが食べている」

声をかけてきたのは、若い娘だった。

さよといい、母親と一緒にしあわせ長屋で暮らしている。豊太郎がやくざ者とわかっているだろうに、平然と声をかけてくる。

「やっぱり、豊太郎さんがあげるといいんですね。ずっと待っていたみたい」

「犬に懐《なつ》かれても、嬉しくねえよ。女だったらいいんだが」

「そんなこと言って。ちゃんとかわいがっているじゃない。うめさんに話をして、こうして餌までもらっているんだから」

「多九郎が、なにもしねえからだよ」

まったく、思ったようにいかない。豊太郎は息を吐く。

自分がやると言いながら、多九郎はなにもしなかったので、結局、面倒は豊太郎が見ることになった。餌の用意から散歩、糞の片付けまでやって、長屋の者にも驚かれたほどだ。

本当はやりたくないが、しかたがない。拾ったら、最後まで面倒を見なければいけない。

「かわいいね」

さよが撫《な》でると、ちびは身体をひねって、頭を押しつけた。人懐っこいこともあり、いつしか長屋の人気者になっていた。

「あ、兄貴、ちびの餌、出してくれたんですね」

「出してくれたじゃねえよ。まったく、なにもしねえんだから」

多九郎が長屋に戻ってきたので、豊太郎は叱《しか》りつけた。

背が高いこともあり、思いきり見おろす形になるのだが、多九郎に怖れた様子はなかった。そればかりか、さよと一緒にちびの頭を撫でている。

「ほら、もう行くぞ。今日は大事な話しあいがあるんだからな」

「へいへい。じゃあな、ちび」

多九郎が手を振ると、ちびは哀しそうな声をあげて応じた。

その目は、豊太郎を見ている。いささか気になったが、あえてなにも言わず、豊太郎は犬と長屋に背を向けた。

「おう、来たか。遅かったじゃねえか」

豊太郎の前に、赤と黒の格子を身にまとった男が座った。

惣髪《そうはつ》で、わざと無精髭《ぶしょうひげ》を生やしている。愛嬌《あいきょう》のある笑みを浮かべているが、目の輝きは鋭い。油断すると、あっという間に首を持っていかれそうだ。

「俺は、こう見えても、刻限にはうるせえんだ。この先も遅れるようだと、出入り差し止めにするぜ」

「すみません。幸之助《こうのすけ》親分。早めに出たんですが、つまんねえところで引っかかっちまって」

「言いわけもなしだ。嫌いなんでね」

幸之助と呼ばれた男は、歯を剝《む》きだしにして笑った。獰猛《どうもう》で、さながら虎《とら》を目の前に置いて話をしているような気分になる。

豊太郎と多九郎は、元加賀町《もとかがちょう》にある一軒家に呼びだされていた。

座敷には幸之助しかいないが、右の襖《ふすま》から強い殺気を感じる。

奥には子分が控えていて、なにかあれば、すぐに飛びだしてくるのだろう。

幸之助は新参《しんざん》の渡世人で、白山組というやくざ者の集まりを率いて、深川に進出してきた。子分は二十人あまりで、あちこちに潜伏《せんぷく》して、他の渡世人とやりあっている。

　豊太郎が声をかけられたのも、勢力を拡大するためだ。

「俺は、おまえたちを買っている。四谷《よつや》での立ちまわりが、見事だったからな。これならやってくれると思っていたんだ」

「ありがとうございます。おかげで、こうして声をかけていただきました」

「だが、最近の仕事ぶりはなんだ。おめえら、なにもしていねえじゃねえか」

　低く響く声は迫力があった。横の多九郎が、思わず怯《ひる》む。

「ここのところ、えらく運上金が少ねえじゃねえか。たったの五両だぜ」

「へ、へい」

「おまえには、冬木町から大和町の一角をまかせている。あそこには、いい店が次々とできていて、その気になればいくらでも稼げる。蕎麦《そば》切稲荷《きりいなり》の近くにできた料理屋なんて、もう最高じゃねえか。ちょっと出向いて、店の前で暴れれば、いくらでも金を出すだろうに。たった一両ってのはどういう了見なんだ」

　白山組は新参なので、深川に根付くためには、人の縄張りを荒らして、傘下《さんか》の店や職人を増やさねばならない。あらたに賭場《とば》を開き、仲町の遊び人を引っ張りこむ一方で、表店に乗りこんで、わざと騒動を起こして強請《ゆす》りをかける。

当然、地廻りのやくざ者と喧嘩《けんか》になるが、それを怖れてはなにもできない。豊太郎がまかされているのは冬木町の切り崩しで、店に乗りこんでは声を張りあげ、金を巻きあげてきた。

ただ、まだ深川に馴染《なじ》んでいないこともあって、戦果はいまひとつだった。傘下の店、いわゆる首を取ったのはふたつだけで、ほかはさっぱりだ。

「やるなら、いまなんだよ。そのあたり、わかってんのか」

幸之助は煙管《きせる》を懐《ふところ》から取りだすと、吹かした。

「この間、羽振りを利かせていた証文屋がやられた。そこそこ腕の立つ連中だったんだが、あっという間だった。その前には、大黒屋を狙《ねら》っていた盗賊連中も、まとめて消えちまった。なんだかわからねえが、いま生きのいい悪党連中は減っているんだ。幅を利かせるには、いましかねえんだよ」

「重々、承知しております」

「だったら、もっと暴れて、表店の連中を締めあげてこい。たかが十両や二十両の金じゃ、なにもできねえんだよ」

幸之助はそこで、男の名を呼んだ。すぐに襖が開いて、地味な絣《かすり》を着た若い渡世人が姿を見せた。

「隆弘《たかひろ》は知っているな。こいつはできるぜ。すでに仲町の黒松《くろまつ》って店に食いこんで、番頭をたらしこんでいる。手代も賭場に来るように誘っているらしくてな、うまくいけば、黒松はまるまる俺たちの手に入る。そうだろう」

「へえ。それはもちろんで」

隆弘は頭をさげた。

「これも、幸之助親分のご威光ですよ」

「だそうだ。嬉しいことを言ってくれるねえ」

なにが威光だ、媚《こ》びへつらいやがって……。

豊太郎は、隆弘が嫌いだった。

なにかと仕事の邪魔をしてきて鬱陶《うっとう》しかったし、幸之助に媚びるところも、見ていて気持ちが悪かった。

黒松の件にしたって、最初に仕掛けたのは豊太郎だった。準備を整えて、これからってときに、横から奪われた。

せっかく店主を狙っていたのに、半端に動いたおかげで、仕留めたのは番頭だけで終わってしまった。

「馬鹿くせえ」

「なにか言ったか」

「いいえ。なにも」

「文句は聞かねえぞ。おまえたちも隆弘を見習って、しっかり稼いでこい。いまはそれだけだ」

太い声で言われて、豊太郎は頭をさげた。ここで逆らうのも面倒くさい。


話を終えてねぐらから出ると、幸之助と隆弘も一緒についてきた。

「まだ日もたけえなあ。少し飲んでいくか」

「いいですねえ。俺、いいところを知っているんですよ」

幸之助のひとことに、すかさず隆弘が追従《ついしょう》する。こういうところも嫌いだ。

「おめえたちも行くか」

豊太郎は迷った。

幸之助はおそろしくケチで、飲みにいっても自分のぶんしか代金を払わない。下手《へた》をすれば、面倒を見てやっているのだからおまえたちが払えと言って、すべて押しつけてくる。

つまらない酒で金を持っていかれるのも、腹立たしい。

「おい、おまえら、行かねえのか」

「兄貴、親分が」

「わかっている」

ここは素直に従っておくか。業腹《ごうはら》な話だが。

豊太郎が応じようとしたそのとき、鳴き声が響いた。

よく響く声に振り向いてみると、子犬が尻尾を振って、彼を見あげていた。

「あっ、ちび。どうして、ここに」

多九郎が手を伸ばしたが、ちびは近づかず、豊太郎にすり寄ってきた。かわい
い声で鳴いて、彼を見あげる。

「どうしたんだよ。わざわざ、ここまで来たのか」

「おい、なんだ、その犬は」

幸之助が顔をしかめた。

ちびが見あげると、露骨にさがる。

「へい。この間、拾った犬です。長屋に置いてきたんですが、どういうわけかこ
こに」

「つまねえもの連れてきやがって。俺は犬が嫌いなんだよ。そいつを、どこかに

連れていけ」

「わかりました」

「俺たちは勝手に行く。いいか、ついてくるなよ」

幸之助は、隆弘を誘って、近くの飲み屋に向かった。

これはありがたい。おかげで、よけいな金を払わずに済む。

「おめえでも、役に立つことがあるんだな、ちび」

豊太郎がかがんで頭を撫でると、子犬は甘えた声をあげて、身体をすり寄せた。

甘える仕草に、つい顔がほころびそうになるが、多九郎が横から見ていたので、咳払《せきばら》いをして顔を引きしめると、ゆっくり立ちあがった。

「おい、帰るぞ」

「へいへい」

多九郎の口元には、笑みがある。

くそっ、なんとも忌《い》ま忌《い》ましい。

三

豊太郎は顔を引きしめると、暖簾《のれん》をくぐった。

「おう、邪魔するぜ」

彼の顔を見て、手代の表情が硬くなった。かたわらの下女は背中を丸めて、すっとさがる。一瞬で、店の雰囲気が緊張する。

「ここは、古着屋の中松屋《なかまつや》で間違いないよな」

「は、はい。さようでございますが」

「俺は、白山組の豊太郎って者だ。ちょっと話がしたいんだが、ご主人はいるかい」

豊太郎は上がり框《かまち》に腰をおろした。

今日の格好は、黒羅紗地《くろらしゃじ》に富士山《ふじさん》を染め抜いた小袖《こそで》に、金の刺繍《ししゅう》を施《ほどこ》した帯で、いかにもやくざ者という派手な格好だ。

多九郎も弁慶格子《べんてんごうし》に赤の兵児帯《へこおび》という格好で、髷も小さめに結っている。

客とおぼしき男がさっと逃げだしていくのを見て、いい出来であると心の中で自分を褒《ほ》め称える。

「申しわけありません。主《あるじ》は出かけておりまして。番頭でしたら」

「おう。だったら、そいつを呼んでくれ。急いでな」

手代は奥に引っこむと、すぐに年かさの男を連れて戻ってきた。

「お待たせいたしました。手前が番頭の一《いち》右《え》衛門《もん》でございます。申しわけありませんが、これを……」

一右衛門は包みを渡そうとしたが、豊太郎は拒《こば》んだ。

「困るぜ、こんな物を渡されたら、御定法《ごじょうほう》に引っかかっちまう。おめえ、俺たちが捕まってほしいのか」

「滅相もございません。そんなつもりは」

「だったら、こっちの言うことを聞いてもらえねえか」

豊太郎は懐から、木の札を取りだす。

「隠富《かくしとみ》だ。こいつを買ってほしいのよ」

一右衛門の顔が歪《ゆが》む。

隠富は、富くじの一種だが、お上《かみ》の許しを得ずに勝手に売りさばく闇《やみ》の商売だ。

昔から存在したが、水野忠邦の改革で富くじが禁止になると、渡世人や香具師《やし》が胴元になって、いっそう広く売られるようになった。

富くじほどの儲《もう》けは出ないが、出した金の二十倍から三十倍が手に入るとあって、博打《ばくち》好きの商人や職人が手を出してくる。

それだけでは足りないので、金のありそうな商家に無理やり押しつける。

去年、深川では隠富で、一万両の金が動いたと言われていた。

無論、お上は禁じているので、発覚したら即座に捕まる。

町方や火盗改《かとうあらため》も取り締まりを進めており、去年の十二月には香具師とその子分、さらに隠富を買った糸問屋の番頭が捕まって、処分を受けた。

今年に入ってからも町方は動いていたが、容易に資金が集まることから、白山組では隠富を積極的に売りつけていた。

ちなみに、影富というのがあるが、これは富くじの値札が高くなりすぎて、普通の町民では買うことができなかったため、代わりに富くじの当たり番号を予想させ、当たれば配当を与えるという仕組みだった。

お上の許しを得ていないことに変わりはないが、影富は本当の富くじがなければ成立しないのに対して、隠富はみずからが胴元となってくじを売ることができる。その差は、大きかった。

実際、白山組は隠富のおかげで儲けて、幸之助は長脇差を古刀《ことう》に変えたほどだ。

「たいした額じゃないからいいだろう」

豊太郎は、一右衛門に身体を寄せた。

「べつに、あんたに買ってもらおうってわけじゃないんだ。店の金をちょろっと出して二、三枚、札を買ってくれれば、それでいいんだよ。どうだい、やってくれないか」

「手前には無理です。旦那《だんな》さまに話をしないと」

「じゃあ、帰ってくるまで待たせてもらおうか。ここでな」

「そ、それは困ります」

「なんだと、俺たちが邪魔だって言うのか」

豊太郎が銅鑼声《どらごえ》を出すと、店の者は震えあがった。

堅気《かたぎ》の者を脅《おど》すのに、工夫はいらない。思いきり声を張りあげれば、たいていの者は怯んでしまう。

「まあ、俺はいいんだよ。ちょっとぐらい塵《ちり》のように扱われても、馴れているからな。でもよう、あいつは違うぜ」

豊太郎は、ちらりと多九郎を見た。

「あいつは、暴れ者だ。なにをしでかすかわからない」

多九郎は目を細めた。殺気が漂い、一右衛門は息を呑《の》んだ。

「さて、どうなんだ。腹をくってもらおうか」

「ですが……」

「店を壊されてもいいのか。あんたの役目は……」

多九郎がさらに声を低めたそのとき、外から鳴き声が響いた。二度、三度とそれは続く。

どこかで聞いたことがある。いや、まさか……。

豊太郎は首を振って、先を続ける。

「いいから。すぐに隠富を買ってもらおうか。まずは一枚だけでも……」

さらに、犬の鳴き声がする。さながら呼んでいるかのようだ。

豊太郎が視線を送ると、多九郎が店の外に飛びだしていく。

「あっ。ちび、どうして、ここに」

やっぱりか。

豊太郎が店を出ると、薄茶色の柴犬が尻尾を振って待っていた。

「なぜ、おまえがここにいる。長屋はずっと遠くだろうに」

ちびは鳴いた。ついてきたと言いたげなぐらいの軽やかさだ。

「戻れ。かかわっている暇《ひま》はねえんだよ」

豊太郎は店に戻ったが、ちびは鳴きやまなかった。

最初は激しかったが、それは次第に低く長くなり、最後には、どこか哀愁《あいしゅう》のこもったせつない声に切り替わった。

途切れることなく声が続いたおかげで、店の雰囲気は変わっていた。

怯《おび》えは消え去り、どこか店の者は困ったような表情をしていた。

出入口に近いところに立つ丁稚は、さかんに外をのぞいて、ちびの様子を気にしていた。

「だから、隠富を買って……」

またもや、長い鳴き声が響いて、豊太郎は言葉を切った。

なんなのだ、いったい。なにが言いたいのだ。

「あの、申しわけありませんが……」

「なんだ、言いわけなら聞かんぞ」

「いいえ、犬のことなのですが、お腹が空いているのではありませんか。店の裏にいる犬も餌を求めるときには、ああいう声で鳴きますから」

豊太郎は口を閉ざし、首を細かく振ってから、店の外に出た。

ちびは、きちんと座って、彼を見あげていた。

「おい、そこの丁稚。餌を頼む。なんでもいい」

言われるがままに、丁稚が台所から食べ物を持ってくると、ちびは茶碗《ちゃわん》に首を突っこんで食べはじめた。豊太郎には見向きもしない。

「助かった。おまえの言うとおりだったな」

豊太郎は店から出てきた一右衛門に言った。

「それでな……」

話を続けようとしたが、どうにもうまくいかない。

「いや、今日はいい。また来る」

豊太郎は中松屋を離れた。なにかいつもと違う。

半刻《はんとき》後、豊太郎は雲光院《うんこういん》裏手にある山本町を訪れていた。北と西が寺社地で、東には材木置き場が広がっていることから、ひとけの少ない静かな町だ。

昔は、葦《あし》や茅《かや》が伸び放題で、人気《じんき》も悪かったとも聞いている。

東西に走る道で分断されており、豊太郎が赴《おもむ》いたのは北の長屋だった。

戸を叩くと、痩《や》せた男が現れた。三十一と聞いていたが、それより五歳は年老いて見える。無地の着物も、激しく傷《いた》んでいた。

「おう。俺は白山組の豊太郎ってもんだ。おめえさんが、三吉《さんきち》かい」

そう言いながら、豊太郎は勝手に戸を開けて、長屋に入っていた。

「こっちは弟分の多九郎。話をさせてもらうぜ」

「えっと、あの……」

「なんだよ、文句があるのか」

豊太郎が念を押すと、三吉は彼の足元を見た。

「あの、そちらの方も一緒なので」

見おろすと、ちびが彼を無邪気な瞳で見ていた。

いつの間に……飯を食べている間に、こちらは店から離れていた。長屋の戸口に立つまで、気配すら感じさせなかった。

いったい、どうやってついてきたのか。

「多九郎、そいつを外に連れだせ」

「えっ、でも」

「でもじゃねえ。抱きかかえて、外に出せ。ついでに、おまえも外にいろ。邪魔をさせるな」

「わ、わかりました」

多九郎はちびを抱えて長屋から出た。

「さて、じゃあ、話をしようか」

豊太郎は、三吉に博打の話を持ちかけた。

彼は飾り物の職人で、その技量は深川でも屈指《くっし》と言われていた。日本橋《にほんばし》の小間物問屋駿河屋に認められて、若いうちに独立した。

妻も娶《めと》り、江戸に名を残す職人になると言われていたが、二十五を過ぎるころに博打にはまって、身を持ち崩した。

たちどころに借金が増え、仕事もしなくなった。女房も逃げだし、住むところも追われたが、それでも博打は打ち続けた。

ようやく賭場を離れたのは身体の調子を崩してからで、いまは完全に足を洗っていた。仕事もそこそこ入っており、余裕も出てきたと聞いていた。

「どうだい、そろそろ賭場に戻ってこねえか。打ちたくなる頃合いだろ」

「いや、私はもう」

「駄目だぜ。変な言いわけをしても。一度、はまっちまったら、抜けだせるわけがねえんだよ」

博打の快感は、人の心をつかんで離さない。

大儲けして、酒を浴びるほどまで飲んだ日のことは、決して忘れられない。この世で、自分がもっとも優《す》れた人間のように思えてくる。

負けたときは、二度と賭場には行きたくないと思うものだが、それはすぐに忘れてしまい、買ったときのことを頭に浮かべて勝負に出る。

染みついた感覚は消えないのだから、少しついついてしまえば、それで終わる。

「どうだい。金が足りないのなら、貸してやってもいいぜ」

「ですから、私はもうやめたのです」

「ならば、一度、見にきてみなよ。やめたのなら、なにもせずに帰るはずだ」

あの興奮を見て耐えられるはずがない。あとはずるずると金を出すだけで、お得意さまのできあがりである。

「だからよ。ここは……」

「わあ、子犬だね。かわいいなあ」

いきなり外から子どもの声がして、それにあわせて邪気のない鳴き声が響く。

「触らせてくれるんだ。ねえ、人が好きなの」

「尻尾を振っている。いいなあ」

「そうだろう。こいつ、ちびって言うんだ。小さいんだけど、賢いんだぜ」

多九郎が褒めると、それが聞こえたかのように嬉しそうな鳴き声がする。

なごやかな空気が漂い、豊太郎は思わず舌を打った。

「すみません。あれは近所の子でして」

「そうかい。だから、賭場に来てみればな……」

「わあっ。すごい。跳ねた」

「こっちに来る。すごい。かわいい」

「おう。ちび。おまえはすごいな。偉いぞ」

子どもに交じって、なんと多九郎もはしゃいでいる。

ちびの楽しそうな鳴き声がして、皆が長屋から離れていく。多九郎も一緒になって、近場に遊びにいったらしい。

豊太郎は頭を抱えそうになった。

「あの……大丈夫ですか」

三吉の目には、同情の色があった。

脅しをかけにきた堅気の者に、情けをかけられるとは。

「なんでもねえぞ。邪魔したな」

豊太郎が外に出ると、ちびと遊ぶ子どもと、多九郎の姿が視界に飛びこんできた。

まったく、なぜ、こうなるのか。

四

「やばいぞ。いいかげん」

「え、なにがですか」

「俺たちの立場ってやつがだよ。やることなすこと裏目だらけだ。ちっともうまくいかねえ」

「そうですねえ」

多九郎がちびを撫でると、嬉しそうな声をあげる。

さすがに豊太郎は声を荒らげた。

「いや、だから、そいつのせいで、まずいことになっているんだ。おまえにだってわかっているだろう」

豊太郎と多九郎は、深川で勢力を拡大すべく歩いてまわっていたが、ここのところ失敗だらけで、白山組での立場が非常に悪くなっていた。

表店に押しかけて金を強請ろうとしても、裏店で借金の取り立てを試みても、まったくうまくいかない。うやむやに終わってしまえばよいぐらいで、笑顔で見送られたこともあるぐらいだ。

「それもこれも、どこへでも、そいつがついてくるせいだ」

豊太郎が見ると、ちびはかわいい声で鳴いた。

「どうなっているんだ」

「さあ。ついてきちゃうのだから、どうしようもないですよね」

「おい、多九郎」

「だって、そうじゃないですか。紐《ひも》で縛りつけていたら、誰かにほどいてもらって逃げちまうし。長屋に閉じこめておいても、つっかえ棒をうまくずらして出てくる始末ですぜ。差配に見てもらっていたら安心と思っていたら、一緒に来てしまうし。もう、どうしようもありませんぜ」

土橋の料理屋を脅しにいったときには、これからというときに、ちびを連れた右京が姿を見せて、こっちに来たがってしかたなかったんだよ、とぬかした。

愛嬌のある振る舞いは大人気で、下女に餌を出してもらう始末だった。ついでに、豊太郎も甘酒《あまざけ》を奢《おご》ってもらった。

昨日、熊井町《くまいちょう》の飲み屋に行ったときも、そうだった。

そこは豊太郎がしょっちゅう顔を出している店で、金を払ったことは一度もなかった。適当に飲んで、適当に食べて、最後によろしくと言って帰る。それだけだった。

なのに、昨日は呑みはじめたところで、ちびが現れ、さかんに愛嬌を振りまいた。

常連の膝《ひざ》に乗って甘え、通りがかりの芸者にかわいく吠《ほ》えて頭を撫でてもらい、さらに店主の娘の膝に乗って、丸くなって寝てしまった。

寝息を立てる子犬の姿に、仏頂面の店主も微笑《ほほえ》み、餌を出してくれた。

なにやら穏《おだ》やかな雰囲気が広がって、豊太郎ははじめて勘定を払って店を出た。

これは駄目だろうと思ったのは、長屋に戻ってからだった。

「なんとかしなきゃいけねえ。このままでは、白山組から追いだされるぞ」

「そうですかね」

「しっかりしろよ。隠富の押し売りもうまくいってねえし、馴染みの店からのあがりも減っている。昨日だって、親分に怒られたじゃねえか」

幸之助は、ふたりをねぐらに呼び寄せて、この役立たず、と罵《ののし》った。

隠富の売上があがらないことに苛立《いらだ》っているようで、これ以上、足を引っ張るようならば簀巻《すま》きにして大川《おおかわ》に放りこむ、とまで言われた。

子分も豊太郎を侮《あなど》っていて、隆弘にはさんざん嫌味を言われた。

「俺たちは、やくざ者だ。舐められたら終わりだ。そろそろなんとかしねえと」

「そうですか。あっしは、このままでもいいと思っているんですがね」

「なんだと」

豊太郎が目を向けると、多九郎はちびを撫でながら応じた。

「こう、なんて言うんですか。こいつと一緒に歩いていると、町の連中からあたりまえのように、声をかけられるじゃないですか。かわいいとか、賢そうとか。それで返事をすると、あたりまえのように話ができるんですよ」

「おい」

「怖がられることなくね。そういうのも悪くねえなと思うようになりました」

多九郎は、穏やかな表情で語った。

これまで見せたことのない、やわらかさだ。

豊太郎は動揺した。

なんだよ、おい……おまえは、村一番の暴れ者ではなかったのか。

親兄弟に見捨てられ、居場所がなくて出てきたのだろう。はじめて会ったとき、泣きながら、ようやく落ち着く場所が見つかったと言っていたのに。

「案外、腰を落ち着けて生きるのも悪くないですね」

豊太郎の胸に、苦味が走る。それは、どうにも押さえることができない。

「……なにを言っているんだよ。そんなこと、できるわけがねえだろう」

「兄貴」

「俺たちは半端者なんだよ。いまさら、まっとうな暮らしを望んだって、できるわけがねえんだよ。変な夢は見るな」

豊太郎は立ちあがると、ちびの首筋をつかんで無理に持ちあげた。

「決めた。こいつは捨てる」

「え、ちょっと待ってくださいよ。兄貴、そいつはあまりに……」

「駄目だ。こいつが来てからおかしくなったんだ。もともと野良なんだ。逃がせば、どこでも好きなところへ行くさ」

「そりゃあ、そうですけれど、せっかく懐いたのに」

「なんだ、俺の言うことが聞けねえのか」

豊太郎が凄《すご》むと、多九郎はうつむいた。

「だったら、おまえと別れてもいいんだぞ。どこへでも、好きなところへ行けばいい。俺はいっさいかまわないからな」

多九郎はうつむいていたが、やがて小さな声で応じた。

「わかりました。兄貴がそう言うのでしたら従います」


翌日、ふたりはちびを連れて、砂村新田《すなむらしんでん》に足を運んだ。

中川《なかがわ》の近くであり、松平大和守《まつだいらやまとのかみ》の下屋敷を越えてしまうと、人の気配は一気に消え去る。二月ということもあって、周囲には荒涼《こうりょう》たる大地が広がっていた。

ちびは遠出の散歩ということもあって、嬉しそうな顔でふたりに従っていた。

一方の多九郎は長屋を出たときから、暗い表情をしていた。たまにちびを見ると、小さく息をつく。それが豊太郎には鬱陶《うっとう》しかった。

「よし。ここでいいだろう。杭《くい》を打て。首の縄をそこに縛りつけるんだ」

「そこまでしなくてもいいじゃないですか。こんなところで動けなくなったら、野犬にやられちまう」

「それでもいいだろ。後腐《あとくさ》れがなくてよ」

多九郎は息を呑んだ。

反論が来るかと思ったが、なにも言わず、彼は杭を打ち、ちびの縄をそこに縛りつけた。

「あばよ。あとは勝手にやりな」

豊太郎は背を向ける。多九郎はしばらく子犬を見ていたが、やがて豊太郎のあとにつく。

せつない声があがる。いままでに聞いたことのない哀しさがある。

どうしたの、どうして一緒に帰れないの、と語っているかのようだ。

ちびの顔が、豊太郎の頭をよぎる。つぶらな瞳が心をえぐる。

離れても、なお声が聞こえる。長く、それでいてよく透る。

「兄貴……」

「うるせえ。行くんだよ。もう終わったんだ」

豊太郎は足を速めて、細い道を進む。

なにも見ず、聞かない。そう決めていたのに、不思議と遠くから呼びかける子犬の鳴き声は、いつまでも耳から離れなかった。

五

豊太郎は深川に戻ると、すぐに隠富の押し売りをはじめた。連日、金持ちの大店《おおだな》に押しかけて、好きなだけ売りつけた。

乱暴もした。手代を殴りつけたり、呉服屋の反物《たんもの》を長脇差で切り裂いたりした。怒声を荒らげるのはあたりまえで、たとえ相手が子どもでも平気で睨《にら》みつけ、怒鳴りつけた。

これまでになく心が荒れて、豊太郎はその衝動に身をまかせた。

おかげで金は集まった。過去三か月分に匹敵《ひってき》する額をわずか二日で集めて、幸之助にも褒められた。珍しく彼の奢りで、酒も飲ませてくれた。白山組での評価もあがったが……。

不思議と豊太郎の心は晴れなかった。ひどく心がざらつく。

それは酒を飲んでも消えることはなく、いつまでも彼を苛《さいな》んだ。日々、呑んで帰ってきては、昼まで長屋で寝ていた。

多九郎と話す機会も減っていた。

彼は押し売りのときだけ豊太郎と行動をともにし、終わるとすぐに別れてしまい、夜になっても長屋に戻ってこなかった。

二日、三日と話をしないこともあった。

いままで、こんなことはなかった。喧嘩することはあっても、三日もすれば笑って話しかけてきたのに、今回は豊太郎を見ようともしない。彼の命令を聞くときも、うつむいて返事をするだけだ。

前と同じに戻っただけなのに、なぜここまでおかしいのか。なにもかもがわからなくなっていた。


「どうした。しけた顔をしているじゃねえか」

座敷で声をかけられて、豊太郎は静かに応じた。

「いえ、そんなことは」

「そうか。前より威勢がなくなったように見えるんだがな」

幸之助はあぐらを組んで、彼を見ていた。

「前は、隙《すき》があれば、俺の喉笛《のどぶえ》に嚙《か》みつこうとしていた。目が異様に光っていて、いつ、やられるんじゃねえかとびくびくしていたが、最近はそんなことはなくなった」

「親分の御威光に屈したのでございますよ」

「ちっ、つまらねえことを言うな。まあいい。俺は、やることをしっかりやってくれれば、文句を言うつもりはねえよ」

幸之助は、隠富がはじまることを告げた。

明後日からで、当たりくじが決まるのはその翌日である。来月には当たった者に金を渡す。

「まあ、そうは言っても、一番くじは俺たちの知りあいに渡ることになっている。せっかくの金を、他の連中に渡すことはないからな」

隠富は端《はな》から誰が当選するか決まっており、脅されて金を出した連中は取られるだけで終わってしまう。儲けの大半は、白山組が手にする。

「おめえたちには、つなぎを頼む。今日中に霊巌寺《れいがんじ》裏手の川瀬屋《かわせや》に行って、書状を渡してほしい」

「川瀬屋というと、あの香具師の」

「ああ、さすがに、あいつだけには話を通しておかねえとな。あとあと喧嘩になっちまう」

幸之助が書状を差しだすと、豊太郎はかしこまって受け取った。打ちあわせをすると、すぐに多九郎と根城を出て、霊巌寺へと向かう。

春の一日も終わりを迎えようとしていた。

朱色の輝きが瓦《かわら》を照らし、荷車の影が道の中央にまっすぐに伸びる。頭上を烏《からす》がまわり、彼方から子どもを呼ぶ母親の声が響く。

ふたりが進む道は、静寂《せいじゃく》に包まれていた。多九郎は無言であったし、豊太郎もなにも言わずに、ただ前だけを見ていた。

それが変わったのは、霊巌寺の伽藍《がらん》が視界に入ってからだ。

「この間、やつを捨てたところに行ってきたよ」

ぽつりと豊太郎が口を開いた。

「ちびを捨てたところだ」

「えっ」

「野犬に食い殺されていたかと思ったが、そんなことはなかった。杭は倒れていて、縄が切られた跡があった」

「兄貴が見にいったんですかい」

多九郎が口を開いた。こうして話すのは、いつ以来か。

「そうだ」

「あいつ、どうなったんでしょうね。野良犬になっちまったんですかね」

「違う。近所をまわってみたら、農家の近くで見つけた。どうやら拾ってもらったらしい。子どもと一緒に駆けまわっていたよ。嬉しそうにな」

「そうなんですかい」

「ああ、奴は住むところを見つけた。俺たちのことはすっぱり忘れてな。それでいいじゃねえか」

「そうですか」

多九郎は答えなかった。果たして気づいているのかどうか。

彼の話は、真っ赤な嘘《うそ》だ。

杭が倒れていたのはたしかだが、ちびの姿は近くになく、しばらくまわりを探しても出てくる気配はなかった。中川まで見にいっても、それらしい犬を目にすることはなく、なんの収穫もなく戻ってきた。

今頃はどうしているのか。

野犬になって、どこか遠くで暮らしているのか。あるいは、誰にも見つけられることなく野垂《のた》れ死《じ》にしているのか。

てほしい。

どちらにしても、もう顔を合わせることはない。

だが、それを多九郎に伝えたところで、なんの意味もない。せめて夢を見てい

いや、夢を見たいのは自分か。

誰かにちびが引き取られて、幸せに暮らしている。その願望が言葉となって、口から出てしまった。そうかもしれない。

多九郎は無言で、彼のあとについてくる。気になった豊太郎は、さらに話を続けようとした。

そこで気配が変わるのを感じた。これまでとは、まるで違う。

「兄貴」

多九郎の表情が変わった。目が細くなり、その手が胸元の短刀に伸びる。

「つけられていますぜ」

「ああ、わかっている」

いつからだ。白山組のねぐらを出たときにはいなかった。

仙台堀を渡ると、人目につかぬように小路に入ったが、そのあたりから多九郎へ話すきっかけを探っていたので、注意がおろそかになった。それが、まずかっ

たか。

「町方ですかね」

「わからん。とりあえずは、このままだ」

豊太郎が前を歩き、その背後を固めるようにして多九郎が行く。

浄心寺の裏にまわるころには、すっかり日も暮れてしまい、周囲は闇に包まれる。

豊太郎が灯《あか》りをつけて細い道を抜けていくと、後方の気配もそれに続いた。数は七から八。露骨に、注意を向けている。

霊巌寺の脇を抜けたところで、豊太郎は足を止めた。

「まずいぞ。待ち伏せされている」

人の気配がある。五人で、いずれも樹木で身を隠している。

「どうしますか」

「隠富がばれたのか。今日のところは戻ろう」

「手紙はいいんですかい」

「こんなところに飛びこんでみろ。間違いなくやられちまう」

豊太郎は振り向いて道を戻ろうとしたが、そこで聞き慣れた声が響いてきた。

「おっと、帰ってもらっちゃ困るぜ。おまえたちには、ここで死んでもらわねえとな」

路地から出てきたのは、長脇差を差した若い男だった。その視線は、ふたりをとらえて離さない。

提灯《ちょうちん》の光が顔を照らす。

「おめえ、隆弘か」

「そのとおり」

「なんで、ここで出てくる。俺たちは親分に頼まれて仕事をしているんだぞ」

「だから、出てきたんですよ。端から筋書きどおりです」

「どういう……」

そこまで語ったところで、脳裏《のうり》に答えが浮かぶ。

「そうか。そういうことか」

これは幸之助の罠《わな》だ。彼は、最初から豊太郎たちを使い捨てにするつもりだった。

ここでふたりを討ち果たせば、どんな話でもでっちあげることができる。おそらくふたりが金を奪って江戸から離れたと言って、隠富で手にした金をすべて手にするつもりなのだろう。

知りあいにすら利益を分けたくないという、じつにけちくさい策略だ。

「親分らしいよ。尻の穴が小さいことで」

「筋書きを立てたのは、私ですよ。幸之助は操《あやつ》り人形です」

「だったら、おめえさんがけちくせえってことになるな。ふん、そんなことなら、親分に尻の穴を大きくしてもらったほうがいいんじゃねえのか」

陰間《かげま》になれと、思いきり嘲笑《ちょうしょう》してやった。

さすがに、その意図に気づいたのか、隆弘が顔を強張《こわば》らせた。

「どちらにしろ、おまえさんたちは、ここで終わりですよ」

「できるかね。せせこましい、おまえさんたちに」

言うなり、豊太郎は左に跳び、棒立ちの敵に襲いかかる。

右腕を切り伏せると、たちまち悲鳴があがる。

隆弘が手を振ると、背後から黒装束の渡世人が襲いかかる。あえて振り向かず、豊太郎は前に進む。

後方で乾いた音がする。

多九郎が防いでくれた。長い付き合いで、呼吸は完璧《かんぺき》だ。

「兄貴」

「おう」

振り向きざまに、豊太郎が斬りつけると、黒装束の男がばったりと倒れた。

立て続けに仲間がやられて、白山組の一党は怯んだ。それでも包みこみながら、間合いを詰めてくる。

豊太郎が右に動いたところで、いっせいに襲いかかる。

動きはすばやく、すべてをかわしきることはできない。

袖口を切られて、豊太郎はさがる。

「うわっ！」

悲鳴があがって、多九郎が膝をついた。右腕に大きな傷がある。

「多九郎、こっちだ」

「兄貴、危ねえ」

多九郎を引っ張って動いた先に、白刃《はくじん》が迫る。

避けられず、豊太郎は肩を斬られた。

続けざまに刃が迫って、今度は腕を切っ先がかすめる。

それでも、豊太郎は多九郎をかばいつつ、敵の一団に反撃を加える。ひとりの腕を斬ったところで走って、霊巌寺の裏手を抜けていく。
もう少しで大通りと思ったところで、三人の渡世人に行く手を阻《はば》まれた。
ひとりは槍《やり》を持っており、思わぬところから一撃をかけてくる。
足をえぐられて、豊太郎は膝をついた。
「そこまでだ。よけいな手間をとらせるな」
隆弘が駆け寄ってきて、彼の前に立つ。その手には白刃があった。
――斬られる……俺もここで終わりか。
苦い思いが胸をよぎったとき……。
鳴き声が響いた。
豊太郎があらためて隆弘を見ると、茶色の子犬が腕に噛みついていた。
「くそっ。なんだ、こいつ」
「ちび！」
隆弘が手を振ると、ちびは離れて、豊太郎の前に立った。
小さな手足に力をこめて、隆弘を見あげて威嚇する。
逃げるつもりはない。正面から戦うつもりでいる。
豊太郎を守って。

「どうして……」

俺は、おまえを捨てたのに。

わざわざ逃げられないように杭を打ち、首にかけた縄で縛ったのに。

おまえなんかいなくてもいいと思った。どうとでもなってしまえと考えた。

なのに、なぜ、助けてくれる。そんな価値は、俺にはないのに。

「どけ、犬ころ」

隆弘が刀を振るう。

最初の一撃をかわすと、ちびは逆に腕を狙って飛びつく。

だが、その動きを隆弘は読んでいた。半歩、さがると、狙いすました横薙《よこな》ぎの一撃を放つ。

これまでにない悲鳴があがって、ちびは横に飛ばされた。

血が飛び散る。

「てめえ！」

怒ったのは、多九郎だった。怪我をしているにもかかわらず、隆弘に殴りかかる。

体当たりを受けて、隆弘は吹き飛んだ。

その背後に、渡世人の刃が迫る。

やられると思ったところで、動きが止まった。見えない糸に引っ張られているかのように、腕が逆方向に捻《ねじ》られて、男は倒れる。

続いて豊太郎に敵が迫るが、それも中途で止まって倒れる。

左右を見まわしている間に、渡世人はすべて倒れてしまった。息をしているのかどうかもわからない。

質の悪い芝居でも見ているかのようだ。

「おおい。大丈夫か」

手を振って、男が近寄ってくる。

知った顔に、豊太郎は驚いた。

「差配さんか。あんた、どうしてここに」

「いや、ちびが、急に私を振りきって走りだしてな。あわてて追ってきたら、こんなことになっていたのさ。いったい、これは……」

「そういえば、ちびは」

豊太郎が見まわすと、多九郎がちびに駆け寄って、その身体を抱きかかえていた。

「おい、ちび。しっかりしろ。こんなところで死ぬなよ。死ぬんじゃないぞ」

小さな鳴き声がして、子犬が首をあげる。

あわてて豊太郎と右京は駆け寄って、多九郎が抱える犬を見る。その手には、自然と力がこもっていた。

六

「おや、傷はもういいようだな」

豊太郎が着物を身につけたところで、右京が声をかけてきた。

多九郎が戸を開け放しで出かけたせいで、部屋は丸見えだ。粗忽《そこつ》だが、そこがあいつのいいところでもある。

「おかげさんでね。手当も早かったから」

「無事でなによりだった」

右京は笑った。

「あれだけの人数を相手に、無茶をしたものさ。もう少し、あの子が駆けつけるのが遅かったら、どうなっていたか」

「まったくだ」

豊太郎が外へ出ると、さよが子犬の頭を撫でていた。

犬は彼に気づくと、ぱっと駆け寄ってきて、いつものように頭をすりつけた。

「おう。ちび、おまえのおかげで助かったぞ」

なぜ、ちびが右京とあの場に来たのか。

事情を知ったのは、白山組の一党が捕まって、豊太郎が町方の聴取から解放された直後だった。

右京によると、ちびは砂浜新田の農家に引き取られていたらしい。

ある日、鳴き声がしていたので、子どもが見にいくと、うなだれて鳴き続ける犬の姿があった。かわいそうに思って、その日は彼らの家に引き取った。

そこは、豊太郎が語ったでまかせが当たっていたわけだ。

引き取られたちびは、しばらく深川の方角を見て鳴き続けた。

あまりにも長く続くので、帰りたがっているのかと思い、親に頼んで子どもは深川にちびを連れてきた。しあわせ長屋の近くまで来たところで、ちびは突然、走りだし、長屋に駆けこんだ。そこで右京と顔を合わせ、事の次第があきらかになった。

「すぐに、おまえさんたちに話をしようと思ったんだけど、帰ってこなかったからな。まずいことに顔を突っこんでいるのだろうと思ったけれど、行き先がわからないんで、どうすることもできなかった」

そして、あの日。

ひときわちびが鳴くので、何事かと思って連れだすと、蓊地《まつしぐら》に霊巌寺へと向かった。急いでついていった先で、豊太郎が長脇差を振りまわしていた……というわけだ。

「おまえさんが危ないとわかっていたんだね。賢い子だ」

「ああ。本当に助かったぜ」

豊太郎が抱えあげると、ちびは嬉しそうな声をあげて、顔を舐めた。

刀で斬られたちびであったが、幸い切っ先がかすめただけで、怪我はたいしたことはなかった。布を巻いていたのは三日だけで、すぐにいつものように長屋を駆けまわるようになった。

「白山組の連中は、皆捕まったよ」

右京は笑いながら言った。

「まあ、獄門だろう。おまえさんもうまくなかったが、連中とやりあっていたのがよかったな。罪を問われるにしても、たいしたことはないだろうよ」

「まさか、隠富に武家がかかわっていたとはね、驚きだよ」

隠富を仕切っていたのは、幸之助と千石の旗本で、彼らは武家相手にも売りつけていた。

事が公《おおやけ》になると、思わぬところに火がまわりかねないので、お上は大きな騒ぎにならぬうちに事をおさめるつもりでいる。彼らが見逃されたのも、そういう理由であるらしい。

「運がよかったな」

右京の言葉に、豊太郎は素直にうなずく。

「ちょっと間違っていたら、俺の首も飛んでいた」

「それで、これからどうするんだ。そろそろ潮時《しおどき》じゃないかね」

「ああ、足を洗うよ。いい仕事も見つかったからね」

「もしかしたら、始末屋かい」

「そうさ。よくわかったな」

火事で焼けだされた吉原の遊女が、八幡さまの門前に仮宅を作って、商売をはじめている。ひさしぶりに深川に活況が戻っていたが、つまらない連中も増えて、騒動が目立っていた。

それをおさめるために、腕っ節の強い男が必要になる。それが始末屋であり、今回の件を知った深川の揚屋《あげや》から誘いを受けていた。

「こいつも一緒でいいって言ってくれたからな。ちょうどいい」

豊太郎は、ちびを手放すつもりはなかった。

ちびと暮らした時間は短かったが、彼のおかけで豊太郎は変わった。

たぶん、それはよいことだろう。

もうちびは家族だ。これからも一緒に暮らしていく。

「これから話を聞きにいく。もしかしたら、ここを出ていくかもしれねえな」

「かまわないさ。おまえさんたちが幸せになるなら。そのために、この長屋はあるんだからな」

右京は笑う。穏やかな表情で、長屋の隠居という雰囲気は変わっていない。

ふと、豊太郎は、あのとき右京がなにをしたのか、尋ねてみようと思った。

ちびが助けてくれたものの、彼らは追いつめられていて、いつ串刺しにされてもおかしくなかった。なのに、いつの間にか白山組の連中は倒されていて、そのあとでどこからともなく右京が姿を見せた。

おそらく、やったのは彼だろう。

見た目どおりの人物でないことは、雰囲気でわかる。相当の修羅場をくぐっているはずで、やくざ者を倒すことなど造作もなかったはずだ。

正体は何者なのか。いったい、どうして差配を務めているのか。

豊太郎は右京を見て、口を開いた。

だが……。

「まあ、いいか」

「なんだい」

「いや、たいしたことじゃねえよ」

訊《たず》ねても、本当のことは言うまい。隠しておくのは、それなりの理由《わけ》があってのことだろう。

だったら、なにも言わないのが粋《いき》ってものだ。

幸い、命は拾った。こうして家族もいる。ならば、それでよかろう。

「そうだろう、ちび」

彼が声をかけると、ちびはよく透る声で応じた。

「あ、兄貴、そろそろ行きませんと」

多九郎が声をかける。彼にしては珍しく、地味な縞《しま》を身につけている。

「なに言ってるんだ。おまえが来るのを待っていたんだよ。じゃあ、行くぞ」

豊太郎が表通りに出ると、尻尾を振りながら小犬がついていく。

彼らの姿を、やわらかい春の日差しが包む。

三月に入って、深川もようやく本格的な春を迎えていた。

第五話　差配の使命

一

「へえ、俺が出かけていた間に、そんなことがあったんですか」

　銀角の視線は、空になった部屋に向いていた。すでに豊太郎と多九郎は長屋を引き払って、雇い先の揚屋に移っていた。

「うん。うまいことといってくれてよかった。まっとう……とは言いがたいけれど、人さまを脅《おど》してまわる生き方はしなくて済みそうだ」

「おもしろそうな奴らですね。一度、会って話をしてみたいですな」

「ご勘弁願いたいね。顔を合わせたら、思いきり喧嘩《けんか》するか、朝まで酒を飲むかのどちらかだろう。どっちにしろ、長屋にいいことはない」

「違いねえ」

そこで、銀角は声を落とした。

「そっちはよかったんですが、でも、たきさんは……」

「ああ、あの人には、かわいそうなことをしてしまった」

右京の顔も曇る。

「そっちは全然、駄目だったな」

たきのことを思うと、いまでも心が痛む。無茶をすることは想像がついたのに、引っ張られるがままに、証文屋の懐《ふところ》に飛びこんでしまった。

その結果が、彼女の死だ。

別の策であれば、最悪の事態は避けられたかもしれない。そのうえで、彼女が孤独ではなかったことも教えてやれたのに。

「申しわけねえです。なにもできなくて」

銀角は頭をさげた。

「前に世話になっている人に、どうしてもって頼まれちまいまして。上州《じょうしゅう》は遠くて、行くことのできる奴は、ほとんどいなかったんですよ」

「わかっているさ。おまえさんが気にすることはない」

銀角は、乾物問屋の上総屋《かずさや》に頼まれて上州高崎《たかさき》の地に赴《おもむ》いていた。地廻りの荒くれ者との騒動が予想され、腕っ節の強い者を用心棒に欲しいとのことだったので、銀角が選ばれた。

　上総屋の店主を守って、銀角は高崎やその周辺、ときには安中《あんなか》や碓氷《うすい》まで出向き、役目をきちんと果たした。荒くれ者と戦いながら、傷ひとつ負わなかったのはたいしたものだ。

　土産《みやげ》を持って意気揚々《ようよう》と帰宅したのが、一昨日のことだ。

「しばらくはゆっくりするんだな。いまのところ、やることはない」

「そうも言ってられませんぜ。ずいぶんと留守にしましたから、つまらねえ連中がのさばっているかもしれません。きっちり、この銀角が締めないと」

「あいかわらずだな。そろそろ、おまえさんも先のことを考えておけよ」

「いつまでも喧嘩ばかりじゃ駄目だと」

「足を洗うのも悪くないさ。いまなら、まっとうな仕事につけるよ」

　右京の言葉に、銀角は顔をしかめた。

　考えるよりも身体が先に動く男だ。阿呆《あほう》なだけに、当面はいまのままだろう。

「で、空いた部屋はどうするんですかい」

「そうだな。話は来ているんだけど、入るのはちょっと先になるかもしれない」

そこで右京は視線を転じる。

表通りで声があがっていた。うめやさよも店から出てきて、何事か話をしている。

気になった右京が路地を出ようとしたところで、黒羽織《くろばおり》の男が姿を見せた。

背が高く、体型はしっかりとしている。胸板も厚く、手足も太い。

顔もいかつく、さながら波に洗われた巌《いわお》のように彫りが深い。

渡世人と勘違いされてもおかしくない風貌《ふうぼう》であるが、黄八丈《きはちじょう》の着流しと腰にさした二本の刀が、大きな差を作りだしていた。

「これは、和泉《いずみ》さま。いかがなさいました」

「おう。右京か。ちょっとな」

和泉健之助《けんのすけ》は、風烈見廻《ふうれつみまわ》りの同心だ。

右京とは、彼がしあわせ長屋の差配になったときからの付き合いで、よい関係が続いている。

付け届けは多めに取られるが、長屋で悪さをするようなことはなく、店子《たなこ》に難癖《なんくせ》をつけたりもしない。奉行所で動きがあるときには教えてくれるし、揉《も》め事が起きれば背後から手をまわしてくれて、うまくまとめてくれる。

豊太郎の件がうまく片付いたのも、和泉が手を貸してくれたからだ。もっとも、その分の報酬《ほうしゅう》はきちんと取られたが。

「なにか御用ですか。例の件は片がついたはずですが」

「それとは違う。もっと大事な用だ」

和泉の表情は硬かった。

彼が長屋に乗りこんでくるのは珍しい。たいていは番屋での話になり、右京が必要な人物を連れてきたり、帳面を見せたりする。

「大工の文太はいるか」

「いまは仕事で出かけてます。もうすぐ戻ってきましょう」

「だったら、ここで待たせてもらう。帰り次第、奴をひっくくる」

「ええっ。どうして」

「殺しだ。三日前に、永代寺の裏手でひとり殺《や》っている」

「そんな馬鹿な」

文太は、しあわせ長屋の最古参で、右京が差配を務める前から住んでいる。

腕のいい大工だが、前に棟梁《とうりょう》と揉め事を起こして、仕事を止められてしまった。行き場を失っていたところで、前の差配に声をかけられて、長屋に入った。

短気で口は悪いが、人情家で、人が困っているとすぐに手を貸す。それで損をすることがあっても、あまり気にしない。

「ありえません」

「見たって奴がいるんだよ。間違いなく文太がやったってな」

「なにかの間違いでは」

「言いたいことはわかるが、話を聞いた以上、放ってはおけねえ。とりあえず文太が戻ってきたら……」

「旦那《だんな》、戻ってきましたぜ」

目つきのよくない男が声をかけてきた。手下の一松《いちまつ》だ。

かつてはならず者で、洲崎で大立ちまわりを演じたこともあった。いまでは船宿の用心棒を務めながら、和泉の下で働いていた。

「よし」

「待ってください。まず話を……」

「文太」

和泉が声をかけると、路地に入ってきた男が足を止めた。怯《おび》えた瞳でまわりを見るのは、大工の文太だ。

「え、これは、和泉の旦那。なにか」

「ちょっと来い。殺しの件で話を聞かせてもらう」

「こ、殺しって、なんですか、それ」

「いいから来るんだ。おい」

和泉と一松にはさまれて、文太は引きずられるようにして番屋に向かう。

「待ってくださいよ。殺しなんて知りません。差配さん、ちょっと……」

文太の声は、路地の彼方に消えた。

右京は言葉を失った。目の前で起きていることがいまだに信じられない。

文太が殺しなどと……そんなことがあるのか。

二

小上がりで腰をおろすなり、五郎右衛門が口を開いた。

「ああ、言いたいことはわかるが、少し落ち着きな。話はおおむね聞いたぜ」

「いや、ですが……」

「前のめりになっても、なにも変わらねえよ。大事なのは、なにが起こっているのかを正しくつかむことじゃないかね。死神右京」

ひさしぶりに通り名を呼ばれて、右京は落ち着いた。隠密のころの感覚がよみがえる。

樺太で露西亜の隠密と戦ったときには、もっと状況は悪かった。

それにくらべれば、いまは食べ物もあるし、寝るところもある。頼りになる仲間もいるので、ずいぶんとまともであろう。

右京はひと息ついて頭をさげた。

「すみません。頭に血がのぼっちまって。頭領に文句を言っても、しかたがないのに」

「気持ちはわかる。俺だって、店子がひっくくられれば、目の色が変わるさ」

五郎右衛門は給仕の男に蕎麦《そば》を頼み、右京もそれに倣《なら》う。

彼らが話をしているのは、深川十二軒町《じゆうにけんちよう》の蕎麦屋で、木場の昇月庵《しようげつあん》や御《お》船蔵前《ふなぐらまえ》の笹屋《ささや》と並ぶ名店である。

つゆの味をあえて押さえ、さっぱりした蕎麦の風味を前面に押しだしている。喉《のど》ごしが絶妙で、気がつくと、ざるが空になっている始末だ。つい二枚、三枚と頼んでしまうこともあった。

蕎麦が出てくると、いつもと同じようにするするっとすすり、舌触りを楽しむ。

「うまいね、ここの蕎麦は。心が洗われるよ」

「まったくです」

五郎右衛門が話を切りだしたのは、蕎麦を食べ終えてからだった。茶を飲みながら、右京を見る。

「殺しがあったのは間違いない。殺られたのは、乾物問屋の茜屋藤兵衛《あかねやとうべえ》。三日前に、永代寺の裏手でぶすりとな。店の者が目を離した隙《すき》で、気がついたら堀端で動かなくなっていたらしい」

「あんな人通りの多いところで」

「時刻は、木戸が閉まる寸前。まあ、茜屋はすぐ近くだから、油断していたんだろう。いきなりやられたら、手の打ちようがない」

「それと、文太がどういうかかわりが」

「見たって者がいるのさ。文太が藤兵衛と言い争っていたっていうところを。飲んでいて、こぼれた酒がかかったただのという話だったらしい。絡んでいったのは文太で、店を出てからも、追いかけて詰め寄ったとのことだ」

五郎右衛門は、そこで右京を見た。

「調べてなかったのか」

「ええ、文太の取り調べがはじまっていましたから。手一杯でして」

「そうだな。町役人や家主にも話をしなきゃならないし、家族にも気を使わねばならん。いろいろと大変だったな」

「いえ、そんなことは。それで、文太ですが……」

「永代寺の裏手を歩いていたのはたしかだ。しかも、殺しの寸前に。奴を見たって奴がいれば、町方としても見逃すわけにはいくめえ。あの同心も手柄をあげたがっていたしな」

五郎右衛門は茶碗《ちゃわん》を置いた。

「今回はうまくねえぞ。文太は前にも酒で揉め事を起こしたことがあるからな」

「知っていますよ。それで、あいつはうちの長屋に来たんですから」

「そのときは目こぼししてもらったが、今度はどうなるか。町方も容赦しねえだろう」

「いや、あいつはやっていませんよ。殺しなんてできる奴じゃねえんです」

日々の生活を見ていれば、文太が人殺しをすることなど考えられない。

「わかっている。ただ、町方も、わざわざ長屋に乗りこんでまでひっくくったんだ。文太が下手人じゃないと知れたら、お上《かみ》の沽券《こけん》にかかわる」
「では……」
「そうだ。本当にやったかどうかは問題じゃない。文太にやったと言わせること
が大事なんだ」
右京は言葉を失った。
お上のやり方は、よくわかっている。面子《めんつ》を守るためならば、平然と町民に
犠牲《ぎせい》を強《し》いる。苦渋《くじゆう》の決断ではなく、彼らにとってはごくあたりまえのことだ。
「急いだほうがいい。手を打つにしても、さして時は残されていないぞ」
「わかりました。いろいろとありがとうございました」
勘定を払って店を出ると、右京は長屋に向かった。
文太に罪を着せようとしているのは、誰なのか。その理由《わけ》はどこにあるのか。
わからないことだらけで、右京は焦《あせ》っていた。
自分の身に降りかかる火の粉《こ》ならば、どうやっても払うことができるが、店子
となると無茶もできない。判断を誤れば、最悪の事態もありうる。
右京が富岡橋を渡ると、三角屋敷が視界に飛びこんできた。声をかけられたの
は、その直後だ。

「急いでいるようですね。御神本さま」

知った声に振り向くと、年増《としま》の女が風呂敷を手にして、河岸《かし》にたたずんでいた。

右京は顔をしかめた。また会ったか。

「美里か。どうしてここに」

「ちょいと話がありましてね。例の大工のことで」

「なぜ、そのことを知っている」

右京は足を止め、美里を睨《にら》みつけた。

「おまえさん、なにか、かかわりがあるのか」

「おお、怖い。安心してください。あたしはかかわってはおりませんよ」

「嫌な物言いだな。まるで、かかわりある者を知っているかのようだ」

「それらしい話を聞いているだけですよ。本当かどうかはわかりません」

そこで美里は目を細めて、右京を睨みつけた。

「あのときと同じになりましたね。また見捨てますか」

「………」

「私の大事な人を見捨てたように、また罪のない者を捨て置きますか。それで人が死んでも平気ですか。さすがに、死神右京ですね。人を生贄《いけにえ》にして、自分だけは好きなように生きていく」

美里は懐に手を入れると、右京との間合いを詰める。

「ほかの誰が忘れても、あたしは忘れませんよ。いつか決着はつけます」

鋭い声で言い放つと、美里は橋を渡って黒江町《くろえちょう》の方角へと消えた。

右京はなにも言わずに、女の消えた橋を見つめる。

心に苦味が走る。すべてをぶちまけたいところだが、それは許されない。すでに終わったことだ。

右京は口元を引きしめ、長屋へ向かった。

三

合図をすると、見張りの差配は姿を消し、番屋に残されたのは右京と文太だけになった。人の気配が消えて、座敷は静寂《せいじゃく》に包まれる。

「文太、具合はどうだ」

「おかげさまで、なんとかやっています」

文太は頭をさげた。手足は縄で縛られて、板間に座らされている。

顔は殴られて歪《ゆが》んでおり、着物も飛び散った血で薄汚れていた。

「ご迷惑をおかけしてすみません」

「そんなことはいい。ひどくやられたな」

右京が頬《ほお》についた血の跡を拭《ぬぐ》うと、文太はさらに顔を歪めた。口の中にも傷があるようだ。

「和泉さまには、ちゃんと話をしたか」

「もちろんです。ただ、まるで聞いてくれないんですよ。和泉さまはともかく、手下の一松が強情でして」

「質《たち》の悪い男だからな」

「さんざん殴られましたよ。くそっ、いつかやり返してやる」

文太は顔をしかめる。

右京は、五郎右衛門と話しあったあと、みずから町を歩いて事情を調べた。

話を聞くかぎり、文太と茜屋藤兵衛が言い争ったのは間違いないようだ。場所は相川町《あいかわちょう》の万屋《よろずや》で、酒をこぼしたことで文句をつけた。先に口を出したのが文太であることも、はっきりしている。

「ですが、そのあとはすぐに別れましたよ。気分が悪かったので、うめのところで飲もうと思ったんですけれど、追い払われて。しかたなく黒江町の馴染《なじ》みまで行って、飲んできたんですよ。で、少し飲みすぎたんで、頭を覚まそうと思って、うろうろして」

「永代寺の裏に出たのか。そりゃまた、ひどい遠まわりだな」

「よくやるんですよ。下手《へた》に酔って帰ると、かかあに怒られるんで。で、山本町のあたりに来たら、なにやら物音がして。人の声も聞こえてきたんですよ」

「なにがあった」

「さあ、酔っていたんで、正直なところわかりませんや」

文太はかかわりあいを避けるため、あえて近づくことなく、そのまま川に沿って三十三間堂の裏まで行き、橋を渡って蛤町《はまぐりちょう》を抜けて長屋に戻ってきた。

「あとは、かかあと少し話して、寝ちまいました」

「で、次の日、仕事に行ったと」

「まさか、いきなり捕まるなんて」

文太はうなだれた。首を振るその姿が痛ましい。

「かかあは、なんて言っていますか」

「早く帰ってきてほしい。それだけだ。子どもたちも同じだよ。ほら、土産だ。

話はしておいてやるから、あとで食べさせてもらいな」

右京が包みを開けて、おにぎりを並べた。妻と子どもたちが、父親のために一生懸命に作った。

文太の顔を涙がつたう。

「すまねえ。また、あいつらには迷惑をかけちまった。悪口も言われているんだろうな」

「うちの長屋では平気だよ。野次馬が来たら、皆で追い払っている。もっとも、銀角はこの間、馬鹿な小僧に殴りかかって騒ぎになったけれどね」

「ありがてえ。本当にありがてえ」

「頑張りな。また様子を見にくるからな」

「もちろんです。家の者をこれ以上、泣かせるわけにはいきませんから」

そこで、文太は右京を見た。

「そういえば、差配さんは俺に訊《き》きませんでしたよね。やっていないかどうか。皆、一度は確かめるのに、どうしてですか」

「なにを言っている。おまえさんが人殺しするわけがない」

右京は静かに言った。

「酔ったぐらいで、おまえさんがお天道さまにそむくものか。長い付き合いなんだぜ。それぐらいのことはわかっているさ」

文太は小さく息を呑《の》むと、あらためて頭をさげた。

かすかに肩が震えているのは、泣いているからか。

右京は手を振って番屋を出ると。暖かい春の風を浴びながら、次の目的地に向かった。


乾物問屋の高田屋《たかだや》は、小名木川にほど近い深川大工町にあり、近くの乾物屋に品物を卸《おろ》している。主《あるじ》の錬治郎《れんじろう》はやり手で知られており、彼の代になってから店は急速に大きくなった。

右京が話をすると、奥に通された。

主の錬治郎が姿を見せたのは、それから半刻《はんとき》ほど経ってからだった。

「聞きたいことがあるとのことだが、いったいなにかな」

錬治郎は右京の前に坐ると、挨拶《あいさつ》もなしに切りだした。

眼光は鋭く、語気も強い。すらりとした体型に茶の絣《かすり》がよく似合っていて、押しの強さを感じさせる。

ただの商人ではない。相当の修羅場をくぐっている。

「突然、押しかけてしまい、申しわけありません。お忙しいようですので、手短に話をさせていただきます。茜屋さんの件はご存じですな」

「無論だ。葬式にも行った。痛ましいことだ」

「それで、茜屋さんが殺された日、仲町の料理茶屋で会って話をしていたということですが、それは本当のことでしょうか」

錬治郎の眼光が、さらに鋭さを増した。

「どこで、その話を聞いた」

「近所に知りあいがおりまして。見かけたのを教えてくれました」

話をしてくれたのは、なつだった。

しあわせ長屋を出ると、彼女は久之助と所帯を持って、蛤町で暮らしていた。

久之助が公事宿《くじやど》の奉公人として勤めはじめるのにあわせて、なつも仲町の料理茶屋で軽子の仕事をしていた。

その日、なつは仕事をしていて、錬治郎と藤兵衛が店で会うのを見た。

その後、文太が事件に巻きこまれたのを知って、右京にその話を伝えにきた。

「なにやら言い争いをしておられたとか。相当に激しいもので、藤兵衛さんは怒っていたと聞いています」

「商《あきな》いのうえでの話をしていた。そちらには、かかわりのないこと」

「されど、藤兵衛さんが殺されたとあっては、放っておくわけにはいきません。ましてや、店子が嫌疑《けんぎ》をかけられているのですから」

「たしか大工だったな。荒っぽい連中だから、気に入らないことがあって、つい手をあげたのではないか」

「文太にかぎって、そのようなことはありません。なにか心あたりはありませんか」

「ない。まったく」

錬治郎は強気に言い放った。さすがに手強い。

「私と藤兵衛さんは商売敵《がたき》だったが、付き合いもあった。世話をしたこともあったし、されたこともあった。だから、たまには遊びにいくこともある。それだけだ」

「そうですか。丹羽《にわ》さまとの商いをめぐって揉めていたという話も聞きますが」

右京が思いきって踏みこむと、ようやく錬治郎の顔色が変わった。眉《まゆ》がつりあがり、頬の肉がわずかに震える。

「どこで、その話を」

「ちょっと調べたら出てきましたよ。よく知られている話のようですな」

右京の言う丹羽さまとは、播磨国三草《はりまのくにみくさ》一万石の当主、丹羽若狭守氏賢《わかさのかみうじまさ》のことだ。丹羽氏昭《うじてる》の子として生まれ、若くして家を嗣《つ》いだ。日光祭礼《にっこうさいれい》奉行をはじめとして、いくつかの役職を務め、有能な人物として認められている。遊びがうまいことでも知られ、洲崎の茶屋にはよく顔を見せて、連歌の会を開いていた。

「もともと丹羽家の御用職人は、茜屋さん。つつがなく商いをしていて、家中での評判もよかった。それがいきなり高田さんが食いこんできて、またたく間にして、すべて奪い取ってしまった。違いますかな」

「それは言いがかりというもの。単に、私たちのほうが商いがうまく、安く乾物をおろした。茜屋さんは下手を打っただけだ」

「乾物の値はさして変わらなかったと聞いています。なんでも主君のひと声で、話が決まったとか。さすがに、これはおかしくないですか」

錬治郎は、右京を睨みつけた。

文太を救うため、右京は伝手《つて》を使って、高田屋を調べあげた。五郎右衛門にも手を借りたし、かつて部下だった隠密とも顔を合わせて話を聞いた。

店子を助けるためなら、手段は問わない。

「無礼が過ぎぬか。人の商いに口を出すなどと」

「店子の命がかかっておりますゆえ。やってもいないのに、罪を着せられてはかないませぬ」

「なぜ、やってないと言いきれるのか。貧乏長屋の暴れ者なのに」

「うちに住んでいるのは貧乏でも、それなりに筋の通った者ばかりですよ。金で横《よこ》っ面《つら》を張り倒すような馬鹿はおりませぬ」

錬治郎の顔に赤みが差す。怒鳴り散らしてくるかと思ったが、きわどいところで自制したようで、目を細めると静かな声で語った。

「出ていけ。これ以上、無礼者に付き合う気はない」

右京は反論せず、立ちあがった。今日のところは、これでよかろう。

障子《しょうじ》を開けると、下女らしい女が縁側で掃除をしていた。右京の姿を見て、頭をさげる。

あっ、と右京は声をあげそうになった。

下女は美里だった。まさか、高田屋に入りこんでいたとは。

今回の事件にも、かかわりがあるのか。

訊《たず》ねる前に、錬治郎が座敷から出てきたので、右京は気取られぬように気をつけながらも、その場を立ち去った。

四

その後も、右京は探索を続けたが、思ったとおりにはいかなかった。

なんといっても、文太を救う証拠が見つからない。

殺しを見た者が少ないうえに、肝心の証人も姿を消していて、会うことができずにいる。

高田屋に対する調べも進まなかった。

錬治郎は身代を大きくするため、たしかに荒っぽい手段を使っていたようだが、今回の事件と直に関係はなかった。

茜屋との争いについても、取引先が重なった結果、自然に発生したもので、手代の小競りあいなど江戸の商家ならば、どこでもあることだった。

丹羽家とのつながりも、いまひとつはっきりしない。

氏賢と錬治郎の間につながりがあり、たまに洲崎の料理茶屋で会っていることはわかったが、それもまた取引先と商人の付き合いに過ぎず、なにか問題があるとは思えなかった。

逆に探っていることがばれて、向こうが警戒したのかもしれない。

空振りが多く、右京は苛立《いらだ》っていた。

そんなとき、事態はさらに動いた。


「えっ。牢屋敷に移されるって」

「ああ、さっき和泉の旦那が言いにきまして。まいりましたね、これは」

右京の言葉に、銀角が頭を掻《か》いた。表情は渋い。

「番屋に留めてから七日。さすがに焦《じ》れて、伝馬町《てんまちょう》に連れていくことになったらしいんです。今日でも動かすみたいですぜ」

「それはまずいな」

小伝馬町の牢屋敷は、未決の罪人を閉じこめる場所だ。逆に言えば、移されたところで、罪を犯したことが決まる。よほどの証拠が出なければ解き放ちになることはないし、仮に証《あか》しが出てきても、面子を守るために握りつぶされることもある。

取り調べも苛烈《かれつ》で、耐えきれず犯してもいない罪を口にする者も多い。

文太は町民であり、激しい責めにはとうてい耐えられまい。調べがはじまったら、もう助からないだろう。

「女房は」

「話を聞いて倒れちまいました。いまは、さよが面倒を見ています」

銀角は、長屋と右京を交互に見る。

「どうするんですか。文太はやっちゃいねえんでしょう」

「そうさ。それは間違いない。だから、なんとしても救わないと」

算段が思いつかず迷っていると、五郎右衛門が表通りから右京を見て、合図していた。あわてて駆け寄ると、横に並んで話をはじめた。

「大工の話、聞かせてもらった。牢屋敷に移るそうだな」

「はい。あそこに入ったら、おしまいです。その前になんとかしないと」

「どうするつもりだ」

右京が答えずにいると、五郎右衛門は横目で彼を見た。

「まさか、おまえが引っ掻きまわすつもりじゃないだろうな」

「それが手っ取り早いんですがね」

「なるほど、ここで高田屋や丹羽家をつつけば、なんらかの動きがあるだろう。そこを突いて、一気に本陣を攻めたて、内情を暴く。おまえさんの得意技で、それで何度となく功をあげてきた。今回もうまくすれば、無実の証しを手に入れることができるかもしれん。だが、それは駄目だ」

右京はあえてなにも言わず、五郎右衛門の横を歩く。

「おまえが動けば、長屋に目がつけられる。差配風情《ふぜい》が、なぜに我らを探るということになる。その所為《せい》で、しあわせ長屋の秘密が知られることになったら、どうする」

「それは……困ります」

「困るだけじゃねえ。上さまとのかかわりが知られれば、大変な騒ぎになるだろう。落ち着いた政《まつりごと》が、またおかしくなることだってありうる。それは許されねえんだよ」

五郎右衛門の表情は変わらない。語気もわずかに強くなっただけだ。それでも、彼が強い気持ちで、釘《くぎ》を刺してきたことはわかる。

政情が混乱している最中で、しあわせ長屋のことが露見したら、なにが起きるかわからない。

最悪なのは、それを防ぐために、しあわせ長屋の存在を消してしまうことで、そのときには店子の運命も大きく左右される。

右京がこれまで高田屋を無理して探らなかったのも、迂闊《うかつ》に目立ってしまうことを怖れたためだ。

「無理をさせるわけにはいかねえ。それでも、おまえさんがやるって言うなら、力尽くでも止めるぜ」

五郎右衛門は懐に手を入れた。

彼の武具は針だ。凄《すさ》まじい速さで、急所を貫《つらぬ》いて仕留める。右京ですら、果たして避けることができるかどうか。

それでも、文太を放っておくことはできない。

だいいち、罪を犯していない者を、見捨てるわけにはいかなかった。

右京は決断をくだした。

「わかりました。では、ほかに助けを乞《こ》います」

「助けだと……いったい、誰にだ」

「美里です」

右京の言葉に、五郎右衛門は目を剝《む》いた。

五

右京が美里を呼びだしたのは、洲崎神社にほど近い茶屋だった。海に近く、波の押し寄せる砂浜を一望できる。潮の香りも心地よい。

右京が縁台で待っていると、隣に人の座る気配がした。あえて顔をあげずに、彼は話を切り出す。

「よかったよ、来てくれて。相手にされなかったらどうしようかと思っていた」

「御神本さまからの誘いとあれば、断るわけにはいきませんよ」

やわらかい女の声が応じる。美里だ。

「どんな顔をして話をするか、見たいじゃないですか。あたし相手に」

「それはどうも。ありがたいことだね」

「それでご用は」

美里の声は鋭かった。強い怒りを感じる。

「ご用はなんですか」

「文太のことで、力を貸してほしい。おまえさん、高田屋について知っていることがあるだろう。それを教えてほしい」

「そりゃあ、知っていることはありますよ。ですが、それを口にするとお思いですか」

「頼む。あいつの命がかかっているんだ」

「知りませんよ。あんな大工がどうなろうと。あたしは、それよりあなたが苦しむ顔が見たいんですよ」

右京が顔を向けると、美里は目をつりあげ、顔を真っ赤にしていた。眼光の鋭さは、そのまま彼を斬《き》ってしまうのではないかと思うほど凄まじい。

「あなたが、雄四郎《ゆうしろう》さんにしてきたことを思えば、これくらいは当然です。忘れたとは言わせませんよ」

言われるまでもない。彼のことは、いまでもはっきりと覚えている。

滝田《たきた》雄四郎は右京と同じ隠密で、若い時分から一緒に働いていた。

長州《ちょうしゅう》毛利家の探索にあたったときは、ふたりで近江《おうみ》商人として潜入したし、黒田《くろだ》家《け》の武家奉公人になった際には、雄四郎の紹介で右京が入りこみ、御家の内情を探った。

年齢が近いこともあって、彼らは役目を超えて仲がよかった。

一緒に酒を飲み、上役の愚痴《ぐち》を言い、隠密の将来について語りあった。

異国船の動向については、ふたりで調べを進め、五郎右衛門に上申《じょうしん》した。

ともに危機をくぐり抜けた者にしかわからぬ結びつきがあり、右京は雄四郎に友誼《ゆうぎ》を感じていたし、雄四郎もまた同じだったろう。

それは、いつまでも続くかと思われたが、ある日、だしぬけに終わりを迎えた。

伊勢三十二万三千石を領する藤堂家《とうどうけ》を調べていたとき、雄四郎は正体が露見して捕らえられ、激しい責めを受けた。

助けだす機会はあったが、右京は動かず、ただ様子を見ていただけだった。

雄四郎は決して口を割ることはなく、藤堂家の家臣は業《ごう》を煮やして、二か月後、彼が弱ったところを狙《ねら》って斬首《ざんしゅ》とした。その首は、城門の前にさらされた。

その雄四郎と美里は、若いころから付き合いがあり、藤堂家に潜入するときにはすでに夫婦として暮らしていた。

それをうまく利用して、美里は城の下女となり、奉公人だった雄四郎と連絡を取りあっていた。

「あれだけ助けてくれって言ったのに、なにもしなかった。仲がよかったのに、見殺しにして。あたしが助けにいくと言ったときにも、邪魔をして」

美里は顔をそむけた。

「悔しい。なぜ、あなたが生きていて、あの人が死ななければならなかったのか。せめて、あの人の無念の半分でも、ここで味わえばいい」

「あれと文太の件はかかわりない。あいつはなにもしていないんだ」

「だったら、得意の糸で牢破《ろうや》りでもなんでも、すればいいでしょう。連れだして、どこぞにでもかくまえばいいんです」

美里はふたたび右京を見つめた。その瞳は、わずかに潤《うる》んでいる。

「あの人の敵《かたき》、ここでとらせてもらいます」

「さすがに、そいつは筋違いってものだぜ、美里」

しわがれた声とほぼ同時に、彼女の隣に年寄が座った。

美里の顔に驚きが走る。

腰をおろしたのは、五郎右衛門だった。

「頭領」

「ひさしぶりだな、美里」

「どうして、ここに」

「おまえさんに話があるからに決まっているだろう。まさか江戸にいるとは思わなかったよ」

五郎右衛門は、懐から煙管《きせる》を取りだして、軽く吹かした。

美里も右京の同業であり、長い間、五郎右衛門の配下として動いていた。雄四郎と知りあったのも、彼女が連絡役を務めていたからで、たいして時をかけずに深い仲となった。

「話は聞いたよ。おまえさん、ずいぶんと右京を憎んでいるようだね」

「あたりまえです。雄四郎さんのことは、頭領も知っているでしょう」

「もちろん。あのときは尾張にいて、逐一《ちくいち》、話を聞いていたからな。だから、こう言ってやれる。おまえさんは間違っている」

「かばうんですか。この人が、伝説の隠密だから……」

「違う。雄四郎が死んだのは、右京のせいじゃねえ」

「じゃあ、誰が悪かったんですか。雄四郎さんですか」

「それも違う」

五郎右衛門は、美里を見つめた。その視線はやわらかだった。

その意図を察したのか、美里の表情が変わる。

「……もしかして、あたしですか」

「あの探索のとき、早くからおまえさんは目をつけられていたんだ。藤堂家の家臣によってな」

「えっ」

美里は雄四郎と会うため、無理に予定を作って、奉公人の長屋に出向いた。恋しくなって外で会い、甘い時を過ごしたこともあった。そこに目をつけられて、彼女のまわりに探索の者が迫っていた。

「それに気づいて、おまえさんを逃がそうとしたが、うまくいかなかった。追っ手が迫っていると知り、雄四郎はしかたなく己《おのれ》に目を引きつけ、自分が捕まるように仕向けた。それで、時間稼ぎになるからな」

美里は息を呑んだ。強い衝撃を受けている。

「助けにいかなかったのは、雄四郎が来るなと言ったからだ。向こうは、こちらが仕掛けてくるのを待って、まとめて捕らえるつもりでいる。だから、早々に見捨てろと。下手を打ったのは自分たちだとわかっていたからな」

五郎右衛門の話は正しい。

助けにいけば、右京だけでなく、藤堂家の探索にかかわっていた者たちすべてを危険にさらすことになり、絶対に許されることではなかった。

結局、右京は、雄四郎を見捨てた。その意味では、美里の言葉も正しい。いままでも判断は間違っていなかったと思うが、心の傷はいつまで経っても消えることはなかった。

「おまえさんに恨みつらみを言われても、右京は黙っていた。それが、なぜか、いまならばわかるだろう」

美里はなにも言わなかった。代わって五郎右衛門が先を続けた。

「重荷を背負ってほしくなかったからだ。知れば、おまえは罪を感じ、あとを追いかねなかっただろう。それを防ぐためにも、右京は一身に恨みを背負ったのだ。十五年もな」

たきの顔が頭をよぎる。もしかしたら美里も、同じ苦しみを背負っていたかもしれない。

美里の視線が動く。五郎右衛門、ついで右京だ。

先刻までの殺気すら感じる眼光は、完全に消え去っている。瞳の奥で輝いているのは、いまは迷いしかない。

「正直、言うかどうか迷った」

五郎右衛門は、煙管の灰を地面に落とし、あらためて煙草《たばこ》を詰めた。ふたたび火をつけると、白い煙があがる。

「いままで隠しとおしてきたからな。だが、あの大工が絡んでいるとなれば、そうも言ってられねえ。ここで見捨てたのでは、雄四郎のときよりもひどい。なにせ、なんの罪も犯していねえ、ただの町民だからな」

「……………」

「だから、すべてを話した。おまえさんの恨みは筋違いだ。まだ割りきれねえところはあるだろうが、右京を助けてやってくれねえか」

美里はなにも言わずに、縁台に座っていた。視線を合わせようともしない。

立ちあがって茶店を立ち去るときも、一度として振り返ることはなかった。

ふたりの男は追いかけることはせず、ただ彼女が消えるのを見守る。その口は固く閉ざされたまま、動かなかった。


長屋に戻ると、右京は文太が牢屋敷に移されたことを伝えられた。

もう猶予《ゆうよ》は残されていない。激しく責められれば、十日としないうちに罪を認めてしまうだろう。

だが、救いだす手段は思いつかなかった。

高田屋の守りは堅く、秘事に触れるまでは時間がかかりそうだった。丹羽家とのつながりも見えず、右京は虚《むな》しい時間を過ごした。

かくなるうえは、五郎右衛門の忠告に逆らってでも、高田屋をつつき、蛇《へび》を引っ張りだすか……。このまま文太を見殺しにするよりは、ましであろう。

右京が覚悟を決めたそのとき、しあわせ長屋に美里が姿を見せた。

六

彼女が現れたのは、文太が移されてから三日後だった。ろくに挨拶もせず、右京の部屋にあがった。

「よく来てくれた。それで……」

「高田屋錬治郎は、丹羽若狭守の弱味を握っています」

なんの前触れもなく、美里は話を切りだした。

「なんだって」

「丹羽家に食いこむことができたのも、それを巧みに使ったからです。ただ、若狭守も一方的に使われているだけではなく、彼なりのやり方で、錬治郎から甘い汁を吸っています」

右京は面食らった。

なぜ、こんな話をするのかと思いながらも、逆に問い返す。

「それが、今回の件とどのようにかかわるのか」

「茜屋藤兵衛は、若狭守の秘事を知りました。それを確かめようとして、逆に殺されてしまいました。藤兵衛を始末したのは、錬治郎の手の者です。文太さんは、その罪を着せられたのです」

「いったい、その秘事というのはなんだ」

美里は、わずかに間を置いてから応じた。

「博打《ばくち》です」

「え?」

「若狭守は、錬治郎に誘われて、何度となく賭場《とば》に通い、博打を打っています。それも百両、二百両の大博打です。おそらく、これまでに二千両は使っていると思われます」

さすがに、右京も驚いた。

歴《れき》とした大名が賭場に通っている。それだけでも大事《おおごと》だ。

さらに、二千両も使いこんでいるとなれば、家の命運を揺るがす一大醜聞《しゅうぶん》となろう。

「錬治郎は、名刹《めいさつ》の僧侶《そうりょ》や大店《おおだな》の店主を客にした賭場を持っています。金持ち相手ですから、張りこむ額も大きい。一度の勝負で百両を越えることも、珍しくありません。そこに若狭守を引っ張りこんだ。よほど博打が好きだったのか、たちまちのめりこみ、以来、錬治郎とは切っても切れぬ仲になったとのことです」

「なるほど、それなら御用商人になるのも容易《たやす》い」

「錬治郎は若狭守をうまく使って、商いを広げました。それを不思議に思った茜屋藤兵衛が調べを進めたところ、賭場の存在に気づいた。すぐに文句をつけたわけですが、事が公になるのを怖れて、一味が始末した」

「それが、永代寺の裏手での話か」

「大工が巻きこまれたのは、近くにいたからです。うまく話をでっちあげて罪をなすりつけ、あとはお上に処罰させようとした。例の賭場には、名の通った武家もおり、そこから話を通していけば、大工をひっくくるのは容易かった。そういうことです」

「では、端から文太を始末するつもりだったと」

「はい。ですから早く手を打ちませんと。この三日間が勝負です」

「そうか」

右京は頭をさげた。

「わかった。ありがとう」

「そんな、あたしは……」

「いや、これで望みが出てきた」

博打の件で、丹羽若狭を揺さぶれば、大きな動きがある。

秘事が暴露《ばくろ》されれば、家の取り潰《つぶ》しもありうるわけで、自分たちが生き残るために、なにか手を打ってくる。

それにあわせて動けば、文太を取り返す算段もつくだろう。

右京は、美里を見た。

「明かしてくれて嬉《うれ》しい。ただひとつ、訊いてよいか」

「どうぞ」

「なぜ、このことを話す気になった。頼んだのはこちらだが、知らぬ存ぜぬで通すこともできた。なのに、どうして踏みこんできた」

美里は視線を切った。沈黙が長屋に広がる。

彼方から子どもたちの声がする。追いかけっこをしているようで、ときおり手を叩く音も響いてくる。

それが吸いこまれるようにして消えると、四月のやわらかい風が吹きこんでくる。

さわやかでいながら、暑さを感じるのは、すでに夏が近いことを示しているのかもしれない。

季節が変われば、人の心も変わる。日々、同じものはない。

「頭領や御神本さまの話を聞いて、いろいろと考えたんです」

美里は、ぽつりと話を切りだした。

「はじめは信じられませんでした。あたしを守るために、雄四郎さんが犠牲になったなんてありえないと。ふたりで嘘《うそ》をついているんだと思いこんで、ますます恨みました」

「…………」

「でも、家に戻って、じっくり考えると、思いあたることが出てきました。あのころのあたしは、雄四郎さんにのぼせあがっていた。嘘の手紙を仕立てて無理に会い、持ち場を半日以上、離れることもざらでした。さんざん女中頭《がしら》にも怒られました。たしかに、疑われてもしかたがない」

「そうか」

「そのころになると、雄四郎さんはあたしを避けるようになりました。あたしはほかに女ができたと疑って、あの人をなじったりしたんですが、違ったんですね。怪しまれてはまずいと思ったんですね。そんなことにも気づかないなんて、馬鹿としか言いようがありません」

「自分を責めてはいけない」

「いいえ。たぶん、自分でも気づいていたんです。雄四郎さんを追いこんだのが誰かということを。話を聞けばわかったのに、それを認めたくなくて、御神本さまを恨み続けていました。もっと、きちんと考えて動いていれば、こんなことにはならなかったはずなのに」

美里は大きく息をついて、天を見あげる。

涙こそ流れていなかったが、その顔には深い哀しみの色があった。

「これ以上、迷惑はかけられません。まだ得心できないところはありますが、とりあえず、大工さんを助けるために来ました」

「それで十分だ。ありがとう」

あれだけ深く右京を恨んでいたのだ。たとえ真実を告げられたとしても、心の底から納得するまでには時間がかかるだろう。

右京ですら、しこりは残っている。雄四郎を救えなかったという思いは、いまだに引きずっている。

それでも、大きな山をひとつ越えて前に進むことはできよう。

「すまないが、もう少し手を貸してもらう」

美里はうなずき、右京の話に耳を傾けた。

時はない。いまは文太を助けるため、全力を尽くすだけだ。

七

右京は提灯《ちょうちん》をわずかに動かし、楠《くすのき》の背後から姿を現した。

正面にはふたつの灯《あか》りがあり、そのうちのひとつが、大きな円を描く。闇夜《やみよ》のなかで、それは不思議なほど強い輝きを放っている。

手筈《てはず》どおりの動きに、右京はゆっくりと歩み寄った。

とくに動きを見せなかったほうの灯りに照らされ、羽織を着た二本差しの男が浮かびあがる。

茶の小袖に、焦《こ》げ茶《ちゃ》の袴。地味な格好をしているのは、目立たないように気を使ってのことか。

まだ距離は離れているのに、相手が右京を睨んでいるのが感じられた。

腹立たしいのはわかるが、悪いのは当人であり、別段、右京が同情する必要はない。仕掛けは施《ほどこ》しているので、あとはそれに従って動くだけだ。

「丹羽若狭さまですな。伊勢の」

「そうだ。おぬしが右京か」

「さようで。呼びだしに応じていただき、ありがとうございます」

右京が頭をさげると、丹羽若狭守氏賢は顔をしかめた。

彼らが話をしているのは、洲崎の料理茶屋からほど近い空き地で、潮騒《しおさい》が心地よく響いている。

「話とはなんだ。さっさと申せ」

氏賢は苛立っていた。

「書状は見ていただきましたか」

「無論だ。つまらぬことを書いてあったが」

「では、本題だけを。茜屋の件で、大工がひとり捕まっております。その者が牢から出られるように、手配していただきたいのです。お礼は差しあげます」

「なにを言うか。その大工と儂《わし》に、なんのかかわりがある」

「いまさら、なにをおっしゃる。こうして出てきたのが、その証しかと」

右京は、氏賢を呼びだした書状に賭場通いのことを記した。来なければ、すべてをばらす、とも書いた。加減するつもりは、さらさらない。

「逃げることはできませぬぞ」

「大名を脅すのか」

「言うことを聞いてもらうためなら、なんでもいたします」

別段、右京は怯《ひる》まなかった。

もともと、位や権力に関心はない。面倒を背負いこんでまで、威張りちらしたくなかった。

「若狭さまならば、本当の下手人を知っておられるはず。その旨《むね》を町方に告げれば、大工は解き放たれましょう」

「なにも知らぬ」

「よくおっしゃる。隠しだてするようでしたら、事を公にしますぞ」

「できるものか。その前に、おぬしを始末する」

いよいよ強気な言葉が出てきた。ごまかす気はなくなったということか。

「儂がひとりで、ここに来たと思っているのか。声をかければ、すぐに家臣が来る。逃げられると思うな」

「ほう、それはそれは」

右京が声をかけると、美里が歩み寄ってきた。先刻、提灯を振って合図をしたのは彼女である。

美里は真剣な表情のまま口を開く。

「家臣がこの先の神社に集まっています。数は十人ほどかと」

「我らを脅すとは、馬鹿なことをしたものだ。そこの女もろとも始末してやる」

「なにをおっしゃるか。私を始末しても、若狭さまの秘事は露見しますぞ。なにも備えていないとお考えか」

「貴様になにができる。逃げられると思うな」

「なにもわかっておりませぬな」

右京は首を振った。

いまどき珍しい愚《おろ》かな主君で、自分を中心に世界がまわっていると信じて疑っていない。

右京は読売《よみうり》を使って、賭場の噂《うわさ》を江戸で広めるつもりだった。すでに準備はできており、右京が止めなければ、明日の夜明けにばらまかれる。

一度、火がついてしまえば、それを抑えることはできない。氏賢が考えているように、握りつぶすことなどできるはずはなかった。

「たちまち賭場の件は、目付《めつけ》に知られましょう。そうなれば、若狭さまはどうなりますかな。たちどころに罪状がつまびらかになり、丹羽家は立つ瀬を失いましょう」

「なにを言うか。容易く目付は動かぬ。大名に手を出すのであれば、それなりに下調べが必要なのだ。町の者のくせに、知った風なことを申すな」

「なにも知らないのは、そちらですよ」

右京が見ると、美里はうなずいた。

「すでに、目付の調べが入っていたとしたら、どうしますか」

「なんだと……」

「考えてもみなされ。あれだけ大博打を打っていて、お上が気づいていないはずがありませぬ。なのに、なぜ好き放題できたのか」

「まさか……」

氏賢は息を呑んだ。

「そう。見逃されていたのですよ。とっくに下調べは済んでいて、あとは証しを手にするだけ。そういうことでございますよ。そのときが来れば、一気に探索を進めるはずで、若狭さまはうまくいって隠居、下手をすれば切腹ということになりますな」

じつのところ、右京の話はでまかせで、なんら証拠はなかったが、あながち間違っていないと思っていた。

根拠は、美里の存在である。

彼女は、わだかまりを解いて丹羽家の内情を教えてくれたが、あまりにもくわしすぎた。博打の件はもちろん、高田屋とのつながりもおおむねつかんでおり、内容も正確だった。単なる下女にしては、知りすぎている。

そもそも、美里が丹羽家の家中にいること自体がおかしい。

彼女は、かつては五郎右衛門の下で働いており、探索の技術は持っている。それに目をつけた者が、彼女を雇って丹羽家に放りこんだ。それができるのは、目付だけだろう。

幕閣は氏賢が考えている以上に、調べを進めている。

それは、右京の確信だった。

「なかったことにするなら、いまのうちですぞ」

右京は大声で語りかけた。

「いまなら、お上の偉い人に話を通せば、手心を加えてくれましょう。無辜《むこ》の民を死に追いやったことが公になれば、上の方にもどうすることもできませぬな。よくよく考えてくだされ」

氏賢はなにも言わなかった。渋い表情が、悩みを現している。

自分の立場は守りたい。だが、そのためには町民を巻きこんだことを認めねばならず、高田屋との関係もあきらかにする必要がある。

事態を収拾《しゅうしゅう》するためには、あちこちに頭をさげねばならず、それもまた腹立たしい。

しばし、氏賢は考えこんでいた。

「いかがですかな。若狭さま」

右京が声をかけると、氏賢はようやく顔をあげた。

「おぬしの望みは、大工の命だけか」

「さようで。文太を解き放つことができれば、十分です。正直、博打のことなどどうでもよろしいですな」

「本当だな。その言葉に偽《いつわ》りはないな」

「信じられないのであれば、背を向けて帰ってくだされ。こちらは手のうちをすべて明かしましたよ。あとは、若狭さま次第です」

またも氏賢は考えこんだ。

しかし、その時間は先刻より短かった。

「わかった。大工はこちらで手を打つ。悪いようにはせぬ」

「高田屋はどうしますか。邪魔をされると面倒くさいのですがね」

「好きにせよ。我らはなにも知らぬ」

答えは出た。

氏賢は高田屋を切り捨て、右京についた。

これで解決に向けて大きく前進したが、あからさまに自分の身を優先する姿を見せつけられれば、馬鹿馬鹿しさが先に立つ。

右京は口元を歪めると、美里を見つめた。

彼女の手には書状があり、そこには、この先、やってもらうことがすべて記されている。そのとおりに動いてもらえば、懸案のひとつは片付く。

美里が氏賢に歩み寄るのを見て、右京は懐から書状を取りだした。

いよいよ、決着のときだ。

八

右京は約束の場所に到着すると、周囲を見まわした。

わざわざ会合の場所に、砂村新田の元八幡を選んだのは、人目につきたくないという意図からだろう。

砂村新田の元八幡は、鶴岡《つるおか》八幡宮を最初に勧請《かんじょう》した地で、寛永《かんえい》年間に八幡宮が深川に移動するまではその地にあって社《やしろ》も建てられていた。移動後、あらためて八幡社が創建《そうけん》され、元八幡と呼ばれるようになった。

中川に近く、周囲は田畑に囲まれている。日が傾くと、ひとけはほとんどなく、なにが起きても余人《よじん》に知られることはない。

荒っぽくともよいので、とにかく早く決着をつけたいという考えが見てとれる。

それは、右京の望みとも合致する。早いに越したことはない。

一日がようやく終わろうとするとき、錬治郎が姿を見せた。供はふたりで、いずれも屈強《くっきょう》な肉体をしている。

「よけいなことをしてくれたな。たかが差配の分際で」

錬治郎は右京の前に立つと、前振りもなく話をはじめた。

視線は鋭く、口調は荒々しい。もはや正体を隠すつもりはないようだ
「おまえのおかげで、商いは滞《とどこお》り、博打も満足に打てねえままだ。くそっ、いったい、なにをしやがった」

「さあ、知らないな」

「賭場に来ていた連中は、さっさと手のひらを返した。丹羽若狭とも話はできねえ。せっかくうまくいっていたのに、たった五日でこのざまとは」

「身から出た錆《さび》だろう。あこぎな振る舞いをするから、人が離れていく」

「よくも、そんなことを……」

錬治郎に睨まれても、右京は怯まなかった。

氏賢との手打ちが済んだところで、右京は高田屋に標的を向けた。

茜屋藤兵衛の死に、錬治郎がかかわっていることは間違いなく、それをあきらかにしないかぎり、文太は解放されない。なんとしても高田屋を追いこみ、暴走

させる必要があった。

右京は、読売を使って、高田屋の悪行《あくぎょう》をあきらかにした。博打はもちろん、商売敵の問屋に嫌がらせをしていたことや、棒手振《ぼてふ》りから売上を巻きあげていたことも公にし、錬治郎が渡世人と付き合っていることもはっきりと記した。

噂はたちまち広がり、野次馬が錬治郎の店の前で騒ぎを起こすまでになった。おかげで、高田屋への客足は衰《おとろ》え、商いを止める取引先も増えていた。

「情けをかけるつもりはない。商人を殺し、それをただの大工に押しつけようなんてな。人のすることではない。呆《あき》れたよ」

右京は目を細めた。

「さっさと罪を認めるがよい。楽に死ねるぜ」

「ふざけるな。ここで退《ひ》くことができるか。まだ、押し返せる。おまえさえいなければ」

錬治郎が手を伸ばすと、供の男が長脇差《ながわきざし》を差しだしてきた。ためらうことなく刀を抜くと、右京と対峙《たいじ》する。

慣れた手つきから、相当の腕前であることがわかる。

気になって、右京は訊ねた。

「もしかすると、藤兵衛さんを斬ったのは、おまえさんか」

「そうだ。人にまかせると、ろくなことはねえ。殺るならば、自分の手がいちばんよ」

乾物問屋の主が、みずから刀を振りまわして、汚れ仕事をこなすとは。

錬治郎は思いのほか、深い闇を背負っているようだ。

「行くぞ」

錬治郎が間合いを詰めると、供のふたりも同時に動きだした。

その動きはすばやく、侮れない。

敵の白刃が迫ったところで、右京は左に跳んで供のひとりと対峙した。

指弾を額に叩きこむと、男は声もあげずに倒れる。

錬治郎はそれを見て、右から迫り、下段から刀をすりあげる。

斬撃《ざんげき》は鋭く、右京は咄嗟《とっさ》に後方に飛んで、切っ先をかわす。

そこに、ふたり目の供が飛びこんできて、短刀を振るう。

狙いはよかったが、速さが足りず、右京にはかわされる。

逆に右京の細千が首に巻きつき、一瞬で意識を断ち切られた。崩れ落ちるところを右手で支えて、その身体を錬治郎に投げつける。

錬治郎は、飛んできた身体を叩き切って、右京と向かいあった。

「おまえの技は知っているぞ。指弾とその糸だろう」

「どこで聞いた」

「前に、証文屋とやりあっただろう。そのときの生き残りを、俺が拾ったのよ。あの差配はただ者じゃねえって言っていたぜ」

「なのに、うちの長屋に手を出したのか。いい度胸だよ」

「前にも、どこぞのやくざ者が手を出して、痛い目に遭《あ》ったと聞いていた。ついてみれば、おもしろいと思っていたのだ」

「それで蛇を出しちゃ、なんの意味もないぜ。おまえさんはおしまいだよ」

「ほざけ」

錬治郎はぱっと前に出て、八双《はっそう》から刀を振りおろす。右京がかわすと、今度は横からの一撃だ。

襟元《えりもと》が斬られて、血が流れる。

やはり腕は立つ。あまり時はかけたくない。

右京が周囲を見まわすと、供の男が持っていた短刀が転がっていた。

一瞬で決断をくだすと、右京は短刀に飛びつき、敵が迫るのを見て放り投げる。

わかっていたのか、刀を振るって、錬治郎は払いのける。

「そんな小細工」

「どうかね」

右京が手を振ると、飛んでいくと思われていた短刀が軌道《きどう》を変えて、錬治郎に迫った。上からの一撃で胸元をかすめる。

「うおっ！」

錬治郎が気を取られたところで、右京は懐に飛びこんだ。細千を首に巻きつけると、一気に締めあげた。

錬治郎は無言で、その場に崩れ落ちる。

「油断したな。刀を払って、それでおしまいじゃないんだよ」

右京は短刀を投げるとき、柄《つか》に細千を絡めて、弾かれても操《あやつ》ることができるように細工していた。だから、跳ねとばした刀がいきなり降ってきた。

錬治郎は動揺し、その隙をついて右京は勝機を得た。

倒れた三人を見て、右京は小さく笑った。

夕陽は水平線の彼方に消え、八幡社の小さな社は、闇に包まれようとしている。

これから春の長い夜がはじまるのであるが、ひと仕事を終えた右京の心は、まだ見ぬ夏の青空のように晴れ晴れとしていた。

九

文太とたえが抱きあうのを見て、さよが泣きだした。よかったと言いながら、顔を押さえている。

うめも目頭《めがしら》を押さえていたし、あの銀角も袖で顔を隠していた。

歩み寄って文太の手を取ったのは、学者だ。何度もうなずき、よかった、と語っている。

「本当に、ご迷惑をおかけしまして。申しわけありませんでした」

文太が頭をさげたので、右京が声をかけた。

「なにを言っているんだ。あんたは巻きこまれただけで、なにも悪くないさ。胸を張っていればいい」

「ありがとうございます。差配さん」

文太が牢屋敷から解放されたのは、今朝のことだ。

十日も牢にいたので、どうなることかと思ったが、思いのほか文太は元気だった。責められたのは三日ほどで、あとは放っておかれたらしい。

時をかけず、文太が解き放たれたのは、彼が無実であると知っていたからだろう。氏賢は、それなりに働いてくれたようだ。

その間に高田屋錬治郎は町方に捕らえられて、過去の悪事を白状していた。

右京が考えていた以上に悪人であり、関八州《かんはっしゅう》の渡世人と深いつながりを持っていたようだ。そのあたりも、おいおいあきらかになるだろう。

大きな騒動が終わり、ひさしぶりにしあわせ長屋は、穏やかな空気に包まれていた。

正直、右京は、ほっとしていた。今回は見捨てずに済んだ。

「よかったですね。うまくおさまって」

文太の様子を見に、美里が長屋に姿を見せていた。

「そうあってほしいね。騒動はもうこりごりだ」

「御神本さまには、本当にご迷惑をおかけしました」

美里は頭をさげた。

「とんでもないことをしてしまいました」

「いいさ。すべて終わったことだ」

「それは違います、本当のことを知らなかったら、あの大工さんに罪を着せたままでした。あの家族を哀しませていたかと思うと、胸が痛みます」

子どもたちは、文太の腰をしっかりつかんだまま離さなかった。いちばん年少の女の子は、とうちゃん、とうちゃん、と言いながら泣いていた。

「雄四郎のことは、私たちも間違いを犯していた。端から、ちゃんと話をするべきだったかもしれない」

右京は、静かに語る。

「後追《あとお》いを怖れていたとはいえ、ほかにもやりようがあったはずだ。おかげで、ここまでこじらせてしまった。悪かったと思っているよ」

「いえ、そんなことは」

「少しずつ埋めあわせていくよりないね」

右京も美里も、過《あやま》ちを犯したことに気づいた。ならば、そのことを噛《か》みしめつつ、先々に目を向けるべきだろう。

大事なのは失った昨日より、これから来る明日だ。

「さて、美里。たしか文太の顔を見たいから来たと言っていたが……ずいぶんと

「荷物が多いようだな」

路地の入口には荷車があり、そこには筵《むしろ》で覆《おお》われた荷物が積んであった。

「ああ、あたし、今日からここに住むんです。よろしくお願いしますね」

「ええっ。聞いていないぞ」

「頭領が言わないでおけって。そのほうがおもしろいからって」

「なんだって。まったくあの人は……」

悪戯《いたずら》好きにもほどがあろう。困ったものだ。

「知らないと、いろいろと大変なんだよ。手続きもあるし」

「駄目ですか」

「……いや、いいさ。おまえさんが住みたいのであれば」

しあわせ長屋は、住みたい者が住む。入るのも出ていくのも自由だ。

ただ、出ていくとき、幸せになっていてほしい。どんな形でもいいから、新しい希望を胸に抱きつつ巣立ってくれれば、これに優《まさ》る喜びはない。

しあわせ長屋は一時の止まり木であり、店子が幸福になるように導く。

そのためなら、どんなことでもする。

右京は美里を連れて、長屋の住人に歩み寄った。

新しい住民の紹介。
それもまた、彼にとって大事な仕事だった。

コスミック・時代文庫

伝説《でんせつ》の隠密《おんみつ》

二

しあわせ長屋人情帖

2022年1月25日　初版発行

【著 者】
中岡潤一郎《なかおかじゅんいちろう》

【発行者】
杉原葉子

【発 行】
株式会社コスミック出版
〒154-0002 東京都世田谷区下馬 6-15-4
代表　TEL.03(5432)7081
営業　TEL.03(5432)7084
　　　FAX.03(5432)7088
編集　TEL.03(5432)7086
　　　FAX.03(5432)7090

【ホームページ】
http://www.cosmicpub.com/

【振替口座】
00110-8-611382

【印刷／製本】
中央精版印刷株式会社

乱丁・落丁本は、小社へ直接お送り下さい。郵送料小社負担にて
お取り替え致します。定価はカバーに表示してあります。

© 2022 Junichiro Nakaoka

ISBN978-4-7747-6348-4 C0193

COSMIC
時代文庫

中岡潤一郎の好評シリーズ！

書下ろし長編時代小説

あやしげな便利屋の正体は…
甦った最強の剣士!?

剣豪商売
始末屋十兵衛

定価●本体630円＋税

剣豪商売
始末屋十兵衛 二

定価●本体650円＋税

絶賛発売中！

お問い合わせはコスミック出版販売部へ！
TEL 03(5432)7084

COSMIC
時代文庫

早見 俊 大人気シリーズ!

書下ろし長編時代小説

鬼の平蔵の秘蔵っ子

血に染まりし雪原で
忍者軍団と大乱戦!

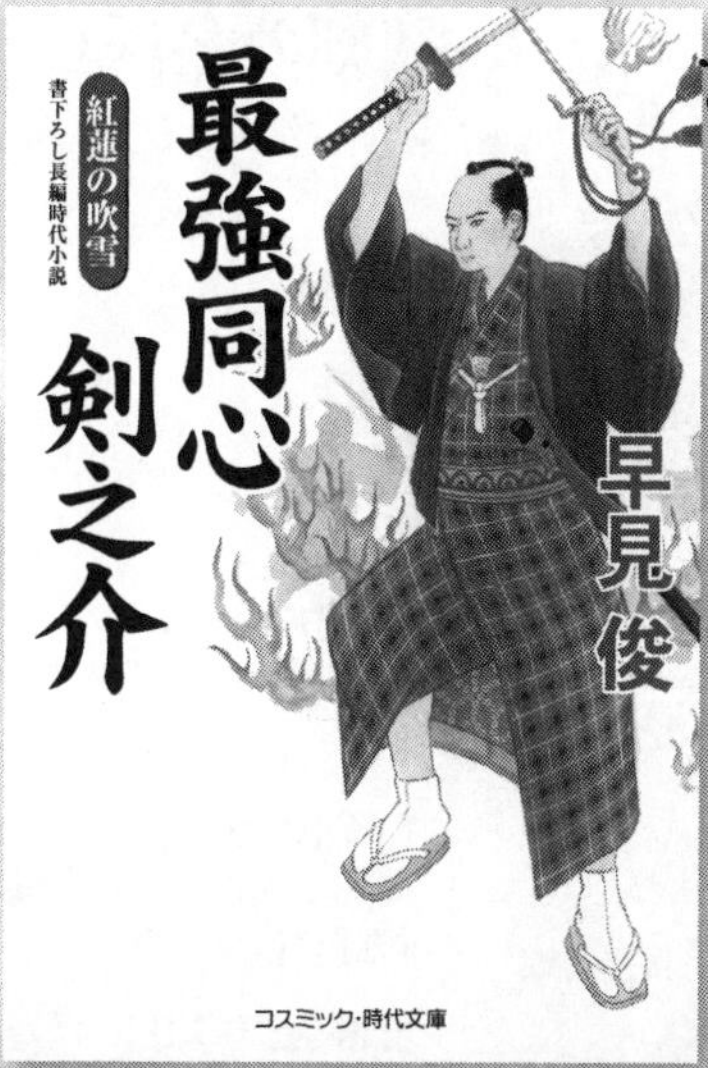

最強同心 剣之介

① 火盗改ぶっとび事件帳
② 死を運ぶ女
③ 掟やぶりの相棒
④ 桜吹雪の決闘
⑤ 鬼平誘拐
⑥ まぼろしの梅花
⑦ 紅蓮の吹雪

好評発売中!!

絶賛発売中!

お問い合わせはコスミック出版販売部へ!
TEL 03(5432)7084

COSMIC
時代文庫

永井義男 大人気シリーズ!

書下ろし長編時代小説

蘭学者の名推理
御家断絶の危機を救う!
天才名医の外科手術

秘剣の名医【十】
蘭方検死医 沢村伊織

定価●本体630円＋税

好評発売中!!

秘剣の名医
吉原裏典医 沢村伊織
【一】〜【四】

秘剣の名医
蘭方検死医 沢村伊織
【五】〜【九】

好評発売中!!

絶賛発売中!

お問い合わせはコスミック出版販売部へ!
TEL 03(5432)7084
http://www.cosmicpub.com/